武蔵野インディアン

ShuMon
miuRa

三浦朱門

P+D BOOKS
小学館

目次

先祖代々

一

公害や車の排気が新聞キャンペーンの中心であったころ、中央線の吉祥寺、三鷹あたりでも、車公害がひどくなってきたという記事が新聞に出て、境駅前商店街の倉屋の主人の言葉として、

「とにかく、朝から車の列がビッシリで、道の向う側に行くにも、車を縫って歩く始末で。それが一斉にエンジンかけてますでしょう。ポッポッポッポッポッ、排気ガスで頭が痛くなりますよ。何とかならんもんですかねえ……」

と書かれてあるのを見て、久男は笑い出してしまった。笑ったのはその言葉ではない。新聞の倉屋の説明に、先祖代々ここで食料品屋をやっている、とあったからだ。久男は当時で四十年、今からでは五十年ばかり前、境に住んでいた経験がある。そのころ、倉屋は新来者、よそ者として、土地の人から白眼視されていたのである。あるいは四十年もたつと、倉屋は先祖代々と言えるほど老舗になり、農村から住宅地に変貌した境には新しい店が軒を並べるようになったのであろうか。

久男の住んでいたころ境の商店の成長株というと、倉屋と、福音書店と上原パン店だった。ほかの店の木造部がチョコレート色だったのに、この三軒は木口も新しく、店は明るく、商品さえ色彩的で、月々、売り上げをのばしてゆく、という印象をあたえていた。

元々、境は繭《まゆ》の市のたった所で、それで駅もできた——あるいは駅ができたので、そこに市がたった——土地だという話だった。駅前の商店街といっても、久男の記憶ではほとんどの家がしもた屋であったけれど、その中の一番大きな家は、建てつけは粗末であったが、軒が深く、その下に幾つも縁台のようなものを並べていた。あるいは、これが繭の取引場で、荷車やリヤカーで繭を運んできた養蚕農家は、縁台の上に大きな籠ごと繭をのせ、商人に売りわたしたのかもしれない。しかし久男の記憶する限りでは、ということはすくなくとも五十年前にはもう、ここがそういう目的に使われたことはなかった。もっとも、商店街からすこし離れた所に、トタン屋根で吹きさらしの野菜の集荷所があって、ここで商品となった蔬菜《そさい》類は、駅から都会に出荷されていった。

境を繭と蔬菜の集散地としてできた町と考えている人は、関東大震災後、郊外に移ってきたサラリーマンである久男たち新来者と、彼らを相手にしてもうけている三軒の商店を快く思わなかったであろう。しかし新来者にとっては、都会風の食料品、パン、書物などは必需品だったのである。久男たち親子が境に移って行った昭和の初め、境には本物の肉屋も魚屋もなかった。

魚はごくたまに行商が自転車の荷台に、主に干魚とか粕漬けにした切り身をのせて売りに来た。肉は久男の姉の敏子の同級生で、ブタ屋のキミちゃんと言われる子がいて、彼女の家がと場に近くて、そこと関係があるのか、豚肉を売っていた。無い日もあった。久男の家では、自然、豚肉を愛用することになったが、姉の敏子は、ブタ肉を買いに行けと言われると、

「あ、今日はブタ肉ないって言ってたわ、キミちゃんが……」

と言うことがあった。それはその通りではあったのだろうが、自転車で二キロ近くも買いにゆかねばならない敏子は、こういう嘘でお使いをサボったのかもしれなかった。

そこで、幼年時代の久男にとって、もっともなじみのある牛肉はアルゼンチンのコーンビーフであった。この黒と赤のラベルのカンヅメは倉屋でしか売っていなかった。食料品屋はもう一軒あった。こちらは単に酒屋と呼ばれていた。久男はこの店が嫌いだった。暗い、穴蔵のような店で、一隅に酒、醬油などの樽が呑口を下にして並んでおり、店の中は概《おおむ》ね味噌桶とか、ビン詰の醬油で占められていた。天井から酒のポスターが何枚も下っていて、そのどれもこれも埃をかぶって、たとえば折角の美女の額と喉のあたりに、横に幅二センチほどの埃の帯があった。

久男がこの店を嫌いになったのは、親爺がいやだったのである。久男の母は、彼に酒屋で塩を買ってくるように、と言いつけた。酒屋は普通名詞であると同時に、久男にとっては固有名詞であった。それとも専売法か何かで、酒と食塩は古い店である「酒屋」でしか扱っていなくて、倉屋の方では、角砂糖やコーンビーフはあっても塩は売れなかったのだろうか。

親爺は木肌がじっとり湿気を帯びているような木の大箱の蓋を開けて、新聞紙で作った紙袋に純白の塩をしゃくい入れながら、

「安いなあ、こんなに売って五銭」

と、さもいまいましげに言った。久男の父は酒に無縁な体質の男だったから、「酒屋」のお

得意ではなかった。従って久男の家は食塩を買う時だけ、この店の客になったという可能性が大きい。久男の母のサトもそれが気づまりで、彼を使いにやったのだろう。「酒屋」の親爺は、そういうことのすべてが面白くなかったのではあるまいか。食塩を売れるというのは、専売法上の特権ではあっても、利益はほとんどない。そこで食塩しか買わない客などというのは、「酒屋」にしてみれば、有難迷惑なのだ。しかも販売拒否をすれば、食塩販売の特権を取り上げられる。

　また、肉屋、魚屋と言うに足るものがないのと同じく、八百屋もそれらしい店はなかった。久男たち新来者の住宅のポツポツ建っている畑や雑木林の間に、勉強屋という八百屋風の家はあった。しかし、ここは、市場から青物を仕入れるのではなく、主人の爺さんが自転車に乗って、あちらこちらの畑を手伝って、ついでに、収穫を買ってくる。だから、この土地で、その時期にとれたものしか売っていなかった。

「おじさん、ニンジンないの?」

　と聞きに行くと、不精鬚の延びた顎をポリポリ搔きながら、

「ニンジンだあ? たしか、連雀《れんじやく》の方の秋元の分家で二うねばか作ってたっけ。よし、夕方までに持ってきてやんべ。五六本もあればいいかね」

といった具合だった。勉強屋というのは正式の屋号ではなくて、注文を取る際に値段をたずねられても、商品をこれから仕入れるのだから、答えられるはずもなく、「勉強しとくよ、奥

さん」としか言わなかったから、勉強屋なのである。久男などは勉強屋は家に帰ると、本当に机に向ってノートをひろげて、勉強して青物の値段を計算するのだと思っていた。

勉強屋の裏は竹やぶで、縁の下にも土間にも竹の子が出てきた年があった。久男は勉強屋の爺さんが畳をあげる手伝いをして、見事な竹の子を一本もらってきたことがある。

小学校の夏休みは八月一ヶ月だったが、六月と十月に、それぞれ数日間の麦刈り休みとイモ掘り休みがあった。久男のように農家でない家の子弟にとっては、ただの休暇だったが、同級生に頼まれて、子守りの手伝いに行った。つまり、一日中、何ということなく、同級生の弟や妹を背負ってくらすのである。

麦には実の殻にノギという針状の堅い毛がある。庭一面に干した麦の穂を、回転する腕のある農具で打って脱穀する際に、ノギが日の光にキラキラ光りながら四散する。それが首筋から背に入るとシクシクと痛痒く、そこは汗がしみれば虫に食われたように赤くはれた。

この時期になると勉強屋は麦刈りに動員されて店を閉めた。そのほか、春から夏にかけては彼には茶採みという特殊技術があったので、午後店を閉めることが多かった。

梅雨前の茶つみは境では子供のアルバイトといった感じがあって、日曜に友達の家に遊びに行くと、皆、ザルを持って茶畑にいるので、久男も仕方なく、友人のザルに若草色の葉をつんでいれながらおしゃべりをする以外に、遊びようがなかった。

茶をつんでいて、雨になれば子供たちは勉強屋が茶採みをしている小屋に避難した。勉強屋は赤い褌《ふんどし》だけで、大きな爐《いろり》の上にのせた、畳一枚ほどの茶揉み台の前に立つ。彼がいるのは小さな小屋の中だが、そこはサウナの中のように熱く、乾燥していた。だから雨に濡れた服を乾かすにはそこが一番なのである。

茶揉み台は、柳行李《やなぎごうり》の底面積を大きく、深さを浅くした作りで、トタンの上に和紙をはってあった。光沢のある若草色の茶の葉がこの上にあけられると、台の下からの熱気によって、かいいりされるのと同じことになる。熱と乾燥度が均一になるように、勉強屋が、台の上の葉をかき廻し、数珠を押し揉むようにして空中にほうり上げて、湿気を発散させる。だから小屋の中はたちまち香ばしい匂いに満たされる。しかし暑くて、長居のできる場所ではなかった。

勉強屋は時々、褌一本のままで小屋を出て行くと、ヤカンの口に唇をあてて喉仏をグリグリ上下させて水を飲み、ついでに塩を一なめして、また小屋の中に戻った。

久男が小学校四年ころ、冬の木枯らしをさけて、穴を掘ってキャンプごっこをしていると、勉強屋がやってきて、

「野火に気いつけろよ」

と言った。久男たちは穴の一隅にカマドを作って、そこに火を燃して暖をとっていたのである。

「おじさん、そんなこと言ってないでさ、穴の中に入れよ」

と久男が言うと、昼間だというのに、どこかの振舞酒にありついたらしい勉強屋は、赤い顔を振りたてながら、

「わしゃ、まだ、穴にへえるにゃ、はええ（早い）」

と言って、どこかへ行ってしまった。そのくせ、勉強屋は、翌日、深さ一メートル半ほどの灌漑用水路に落ちて死んでいるのを発見された。原因は脳溢血《のういつけつ》だった。脳溢血をおこしたので、用水路に倒れこんだのか、足を踏み誤って用水路に落ちたショックで脳溢血になったのかは、久男は知らない。しかしそのころ、昭和も十年ころになると、もう商店街には八百屋も肉屋もできていたし、勉強屋は昼間から酔っ払っていられるほど暇になったのだ。

二

後から考えてみると、久男が麦刈り休みとイモ掘り休みにはじめて子守りをしたのも、勉強屋から竹の子をもらったのも、「酒屋」から塩は安いとイヤミを言われたのも、どれも小学校一年の時に違いない。この年、久男は小学校に入ったばかりでなく、自転車に乗ることも覚えたので、世界と行動範囲が急に拡がり、それまで両親や姉としか接しなかったのが、急に違う人々と接し、それらの体験を印象的に記憶するようになったからだ。

小学校一年の冬の終りころ、雪の降りそうな曇り空の下で、久男は原っぱの踏み分け道を自転車に乗って遊んでいた。原っぱはかつては農地だったのを、東京の不動産会社が買って、宅地として売り出した地所であった。ところが、一区画も売れずに、そこは草ぼうぼうの原っぱになった。近くの住民たちは駅や駅前の商店街、小学校などに行くために、長方形の宅地跡の原っぱに対角線を引く形の踏み分け道を作った。

宅地に造成した際に井桁状につけた道は数十センチ低くされていたから、原っぱの対角線の踏み分け道を自転車で走ると、ローラーコースターのような、波乗り運動を楽しむことができた。

その日久男がこの遊びを繰返していると、体は温かいのだが、耳や鼻の頭は冷たくなり、唇もこごえてちぢみあがって歯がむき出しになる。それで時々、久男は自転車を止めて、顔や耳をこすらねばならなかった。

休んでいる久男の目に、灰色の空の下の、すすきの枯れ葉が北風に波打っている原っぱを、駅の方から一人の男がやってくるのが見えた。黒い学生帽をかぶっている。黒いマントを羽織っているが、それは首の留め紐のボタンをかけているだけだから、メフィストフェレスのそれのように裾拡がりになって風になびき、下の金ボタンの学生服が丸見えだった。男は小さな茶色のトランクを持っている。近づくと、黒い学生帽には汚れた白線が二本巻いてあったが、徽《き》章《しょう》はなく、そこだけ、新品の時の黒い布地と、さらし粉の臭いを感じさせる白線の白さが残っていた。男は朴歯の下駄をはいて、左脚をすこし引きずっていた。

彼は久男を見ると、立ち止った。そしてしばらく彼を見ていたが、

「君は、太田久男君か」

「うん」

「ぼくは君の叔父さんだ。太田新二郎。君の家に連れていってくれ」

新二郎叔父は、その日から久男の家の同居人になった。彼は久男の父の異母弟だった。つまり、久男の父が後妻と呼んでいた、祖父の二番目の妻の子供であった。新二郎の実母も彼の少年時代になくなり、彼の父は三度目の結婚をした。新二郎は郷里を離れて、東京に近い旧制高校にはいっていたのだが、そこを退学させられた。家には入れないと怒っている父の家は、継母とろくに会ったことのない異母妹がいるだけでなじみがなかったので、異母兄である久男の父の鎮一の家に身をよせることになったのだった。

生徒に軍事教育をするために軍から配属されていた現役将校を排撃する全校ストライキがおきた時、新二郎はリーダーになり、彼はストの失敗後、東京に出て政治運動をするようになった。警察に捕えられて、留置所に入れられているうちに学校は退学になったのだった。

久男はそういうことを、夕食後、鎮一とサトが新二郎と話しあっているのを聞いていて知った。細かい事情はのみこめないながら、「継母が冷たい」「シベリヤ出兵のヨボヨボの少佐」「校長のカマキリ」「警察」「特高」「ストライキ」「留置所」「リンチ」「竹刀」「股火鉢」「刑事」「私服」「退学」などといった言葉が繰返し、使われているのを聞いているうちに、何となく、わかったような気がしてきたのだ。サトは何度も泣いた。彼女は涙をごまかすように、敏子と久男を叱り、早く寝ろと言ったが、久男は二階に上るふりをして、暗い隣りの部屋から襖ごしに、そのゾクゾクするような事件の一切を聞いてしまった。久男が襖のすき間からのぞくと、三つになったばかりの弟の隆男は、その日は親に無視されて、部屋の隅の、電灯の光の届かない所に毛布で昆布巻きのようにされて眠っていた。

鎮一はちゃぶ台に片肱ついて楊子で歯をせせりながら、

「帝大あたりでも、突如、銀杏並木にビラがまかれて、安田講堂から赤旗が下ったりするという話だなあ」

と言い、サトは涙を拭くと、

「あなたがそんなアジるようなことを言うからいけないんですよ」

「しかし、帝大では……」

「帝大、帝大って、あなたの出た学校でもないくせに……」

「お前、そんなことは何も……」

「ま、兄さん、お姉さんもちょっと……。とにかく、しばらくここに置いて下さい。傷がなおったら、労働して、食い扶持くらいかせぎますから……」

「拷問の傷って、ひどいのか」

「道場につるされて、竹刀で腿の後ろの所をなぐられた。毎日、同じ所ねらいやがるからね、あいつら」

「医者に見せなくっていいの？」

「医者には診てもらいました。シンパの医者がいるんです。湿布薬も持ってます」

新二郎が来たために、二階に一部屋ずつ貰っていた敏子と久男は、大きい敏子の部屋を新二郎にとられて久男は敏子と同じ部屋に寝ることになった。隆男が生まれてから久男は一人で寝かされていてさびしかったから、これはむしろ歓迎すべきことだった。

電灯を消して、しばらくは一人で床にはいっているが、久男はすぐ隣りの床に声をかける。

「お姉ちゃん、一緒に寝かして」

「………」

「ねえ、寒いから……」

「うるさいなあ、もう」

敏子が寝がえりを打つ気配がすると、久男は敏子の布団の中にもぐりこむ。彼女の背中に負ぶさるようにすると、母とは匂いも違うし、敏子の背中の感触も固かったが、それでも一人で寝るよりはましだった。

「首に息かけないでよ、気持悪いじゃないの」

「ごめん」

久男は一緒に寝てもらえれば満足だった。それでも、夜トイレに起きて、姉の蒲団に戻ろうとすると、

「寒いから、ダメ」

と蹴り出されることがあった。

久男は学校から帰るとすぐ新二郎の部屋に行って、日が暮れるまで遊ぶようになった。新二郎はあお向けに寝て両手と右脚を使って、久男を空中に支えたり、上下に動かしたり、ほうり投げて受けとめたり、色々と面白いことをしてくれたのだ。

時々久男は、部屋を出されることがあった。

絶対に入ってきちゃいけないと新二郎が言うと、しばらく、久男は一人でいなければならなかった。ある日、久男は建てつけの悪い襖の間からのぞいてみた。

新二郎は立って、ズボンを脱いでいた。左の腿の後ろの部分が赤紫色にはれ上って、その上に白い薬らしいものがこびりついている。新二郎はガーゼに白い練り薬をのばしたのを、そこにあてがう時、「ウ、ウッ」と低くうめいた。その上から、汚れた包帯をキリキリ巻きつけて、ズボンをはくと、

「おい、久男、入っていいぞ」

しかし久男は新二郎の部屋には行かずに、足音を忍ばせて、階下の台所に母がいるのを見つけて、たずねた。

「おじさんの脚どうしたの。青くなって、すごくふくらんでる」

「お巡りさんに棒でぶたれたのよ。あんな年端のいかない子を、大の大人がよってたかってぶったんですって……」

母はそう言いながら、涙ぐんだ。そのために久男は、おじさんは全く悪くなくて、お巡りさ

んの方だけが悪い、という印象を受けた。

元々、久男は、警官によい感じを持っていなかった。たまにサーベルをガチャガチャさせて、戸籍しらべに来ることがあったが、彼らは応対する久男の母にひどく横柄だった。まるで彼女が罪をおかして、取り調べを受けているみたいだった。久男はそういう時、大概母親の背中につかまって、彼女の肩を楯に、そっと警官を見ていた。

久男の家の北三百メートルほどの所に鉄道線路があって、そこまでの間が例の原っぱだったから、電車や機関車がよく見えた。都心に行く電車は十五分おきだったから、久男の父は上り電車が通過するのを見てから家を出れば、丁度、次の電車に間にあうのであった。

そんなこともあって、久男は外で遊べない時は、二階の廊下から電車や汽車を見て時間潰しをしていた。

その日、天皇陛下が多摩御陵へ参拝されるということを、どうして久男は知ったのかわからない。敏子が家にいなかった記憶があるから、多分、彼女は小学校に通っていて、先生から聞いたことを、学齢に達しない弟に教えたのだろう。

久男は二階の窓を開けて線路の方を見ていた。その時間が近づくと、あたりがシンとする。ほかの列車は駅の側線に退避するせいか、電車も汽車も通らない。やがて、シャッ、シャッ、シャッ、と軽い蒸気の音をたてて、一輌だけ客車をつけた機関車が通る。シンチュウの部分がピカピカに光り、黒く塗った部分はペンキを塗りたてのように、あくまでも黒々としている。

蒸気は白い雲のように軽やかで、空気にふれると、すぐに溶けて見えなくなってしまう。煙突の煙まで黒くない。薄青い色になびきながら、蒸気と一緒に空に消えてゆく。機関車としては貴族的と言いたいような走りぶりだった。やがて、本物の、天皇のお召しになる列車がくるはずだった。その時、家の前で、

「コラ、そこの子供、二階からおりんか。陛下を見下すとは無礼だぞ。親は何してる」

金ピカの肩章をつけた警官だった。そして通りから家に入ってくるなり、玄関の戸をガンガンとたたいた。階下でその警官が母を相手に怒鳴りつけるのが聞こえている間、久男はおびえて、そのまま、窓枠につかまっていた。母親が青ざめた顔で階段を上ってくると、久男を抱いて、玄関脇の居間につれて行って、

「ここにいなさい」

と言いつけた。久男は泣かなかった。本当に恐ろしかったから、ただぼんやりしていた。今にも警官たちが家の中に暴れこんできそうに思えたのだ。しばらく黙っていた母は、

「震災の時だってね、命からがら逃げてきた人を宮城に入れれば、被服廠《ひふくしょう》で何万人も死なずにすんだのよ。広い逃げ場所を持っている天皇や宮家や華族トウゾク（サトはしばしば華族という言葉を使う時には、敬称のようにトウゾクという単語をつけ加えた）をあたしたちがうらむと困るでしょう。警察は逃げて空家になった家に朝鮮人が住んでいたとか、火をつけて暴れている、朝鮮人を殺せ、とふれ廻ったの。そうすると、焼け残った人たちは、自分の家に残って、

守ろうとするし、うっかり逃げると朝鮮人に間違われるから、逃げる人がうんとへるのよね。だからお邸が襲われない訳。お邸に逃げこもうとするとそんなことをするのは朝鮮人ということになっているから、殺されちゃう。こういうのを、コウトウセイサクと言うの」

「コウトウセイサク?」

「そう、高等政策。高等小学校の高等、政策というのは、人々をだます、そのやり方」

新二郎のはれ上った脚の治療を見た後で、久男は金ピカの肩章の警官に怒鳴られた話をした。

「うん?」

新二郎は首をひねっただけで、はかばかしい返事はしなかった。

「コウトウセイサクって何?」

「高等政策?」

「震災の時、宮城に焼け出された人を入れなかったのも、朝鮮人が暴れていると言ったのも、高等政策だって」

「誰が言ったの」

「お母さん」

「へえ、お姉さん、あれで、わかってるんだなあ。じゃ、教えるけどね、久男が怒鳴られたのはね、天皇が去年の冬、朝鮮人に殺されそうになったからね。こういう、見晴らしのきく所で、窓を開けていると、お巡りはおっかないんだよ。あいつらは怖がっている。だから、人を見ると怒鳴ったりなぐったりする」

新二郎は久男に勉強屋の話をしてくれた。

彼はこの所、駅前の福音書店にいりびたっている、と言いたいくらい日に一度はそこに行って、主人とお茶を飲んでは、この土地の情報を仕入れているのだった。

勉強屋は、サルワタリという妙な名前の農家だった。麦や芋を作っても、手数ばかりかかって、大した収入にならないというので、自分の農地を全部、栗畑にすることを考えた。このあたりは、江戸時代から小金井栗と言われて、栗の名所だったのである。

栗は何年かすると、実をつけはじめたが、それだけではとても生活がたたなかった。そのうち借金がかさんで、栗の木も土地も失ってしまった。新二郎と久男がはじめて会った原っぱは、かつての勉強屋の栗林の跡地なのであった。

勉強屋には以前の自分の屋敷の裏にあった竹藪が少し残っただけであった。彼はそこにかつての農具小屋を移築して住居にした。幸か不幸か子供がなかった。彼はまず自転車だけを元手に、御用聞き専門の八百屋をはじめたのである。久男の家のような新来者の家を廻って、八百屋物の注文を取る。

「さあ、今時分だと、シンジャガ、玉ねぎの若いの、さやいんげん、キャベツ……」

注文をとってから、勉強屋は心当りの親類知人を自転車で廻って、必要なものをそろえて、夕方までに配達する。農繁期になると、八百屋業はおろそかになり、茶採み、麦刈り、芋掘りに行ってしまう。

こういう勉強屋みたいな潰れた農家はほかにも何軒もあることがわかった。

線路の向うに雑木林があって、その先にも宅地として売り出して、買手がつかないままに原っぱになっている土地があった。その中にグミの木があって、冬になると赤い実をつけた。久男たちがタワラグミと称する高級な種類で、実が俵の形をして、ほかのグミにありがちな渋味がなく、甘いので人気があった。ところがこのグミの木をカッちゃんという敏子と同級の女の子が自分の物だと主張するのである。

カッちゃんの弟のゲンちゃんは、久男の同級生であった。彼は一年の三学期から弁当がいることになっても、当分の間、焼いた餅に醤油をつけたのを、和服の懐にいれて持ってくるだけだった。焼きたてなら、餅はやわらかいが、午前中の授業が終るころには、もうカチカチになっている。ゲンちゃんはその焼き餅を弁当の時間に食べきれなかった。文字通り、歯が立たなかったのである。昼休みの間中、ゲンちゃんは懐から齧《かじ》りかけの餅を出してはしゃぶっていた。正月がすぎると、ゲンちゃんの弁当は竹の皮に包んだ麦飯と味噌になった。食後のお茶も、竹の皮を舟のようにして、それに茶をいれて、器用に飲んだ。

竹の皮はこの土地ではそれほど珍しいものではなかった。久男も友人の家の竹藪の竹の子から大きな皮をはぎ、ガラスの破片で毛をこそぎおとしたのに、梅干の肉を包んでしゃぶり、すこしずつしみ出してくる酸味を楽しんだ。とにかく、ゲンちゃんは気のいい、やさしい少年だったが、姉のカッちゃんはきつい娘で、ほかの子がグミを取ろうとすると、どこからともなく現われて、

「何すんだ。ドロボウ」

と甲高い声で叱りつける。すると、土地の原住民の子供たちは、コソコソと逃げてゆく。彼女のグミの所有権を認めないのは、新来者の子供だったが、それでも小学校五年の新来者の男の子の手に、三年だったカッちゃんが嚙みついて、飛行船型の二列の歯形をつけたことがあって、グミの木に関しては、カッちゃんの所有権を、誰もが暗黙のうちに認めるようになっていた。

ところが新二郎の話によると、グミの木のある一画はかつてはカッちゃんやゲンちゃんの家のあった所だったという。今、一家はと場の従業員の長屋に住んでいた。姉と弟の父親のカンさんは、成豚を農家から買って、大きな籠にいれ、リヤカーでと場まで引いてゆく仕事をしていたが、いつかひどく酔って、

「おめえら、出てけー。おれの畑返せ」

と久男の家に石を投げたことがあった。多分、久男の家と隣りの家——両方とも貸家用に建てた家だったが——の敷地は、かつてはカンさんの畑だったのだ。

新二郎はそういうことを福音書店で聞いてきただけでなく、積極的に福音書店の手伝いをす

るようになっていた。福音書店の主人は前田という黄ばんだ顔の男で、髯がなく小柄で髪だけが黒々としていた。細君の方は洗いたてのサツマイモのように、赤ら顔の、ゴツゴツ肥えた女で、体格からする限り、細君の方が逞しく支配者的で、夫の方が弱々しい感じだった。

前田はカナモジカイというカナモジ普及運動のメンバーで、また店の奥に週に一度、講師を招いて、エスペラント語の講習会を開いていた。

新二郎は脚がなおると、もう学生服もマントも着なかった。久男の父はレーニン帽や、茶色のコールテンで仕立てた背広などを持っていて、休みの日には好んでそういう服を着る趣味があった。新二郎は早速それを譲りうけた。ワイシャツも鎮一の古いのをもらった。当時のワイシャツはダブルカラーだったから、カラーをつけないと、詰襟のようになる。新二郎はことさらに、ワイシャツをカラーなしで着ていた。

カナモジカイがほかにどんな活動をしていたかは知らないが、久男の知っている限りでは吉祥寺の井の頭公園に標識の類を寄付したのはカナモジカイである。

「イケニ　イシヲ　ナゲテハ　イケマセン」

「キヤ　ハナヲ　タイセツニ　シマセウ」

それを作ったのは看板屋だったが、新二郎はそのことで奔走していた。つまり、彼はカナモジカイの使い走りの若者だったのだ。福音書店や看板屋や、吉祥寺に住む大学教授の家ばかりでなく、井の頭公園にも始終行くようになったとみえて、久男を自転車の後ろに乗せて、ボート漕ぎに連れていってくれた。

もう春になっていた。新二郎はボートを物の十分も漕ぐと、額を汗で光らせてしまい、紅葉の巨木の枝が池の上にはり出しているあたりにボートを漕ぎいれて休んだ。池の水が空を映して光り、常緑葉の間で若葉の明るい色が鮮やかで、まるで花が咲いたようだった。かいつぶりの雛が水面を泳いだり、もぐったりして、池に映った若葉や青空の像を乱していた。新二郎はそういう時に、聞いていて胸がドキドキするような話を久男にしてくれた。

「食料を作っている百姓が、腹一杯食べられないのはどういう訳か」

久男の同級生たちでも、農家の子の弁当は総じて貧しかった。麦飯に味噌というのが標準で、ふかし芋という子もいた。だから、新二郎の言う「矛盾」という言葉の意味はよくわかった。

「遊んでいる人には二種類ある。一つは遊んでいて楽をしている怠け者で、もう一つは働く場所がなくて、仕方なく遊んでいる人で、こちらは本当は働き者なのだ。世の中は怠け者で遊んでいるヤツラをほうり出さなければよくはならない」

これも久男には勉強屋やカンさんのことを考えるとよくわかった。母が時々言う華族トウゾクはその怠け者の代表としか思えなかった。

新二郎は、義務という言葉を久男に教えた。そして、日本人の場合には、税金を納めること、兵隊になること、子供は小学校に通うことの三つが義務とされていることを言い、

「しかし、学校に行くことは義務ではない。これは権利というべきものだ。国が国民にしろと

言うことではなく、国民が国にやれと言うことだ。そして、この権利によって、日本人はいつか、きっと、おじさんが言う矛盾に気がつく時がくる」

久男は叔父の話を聞いていて、小便がつまった時のような昂奮を覚えた。久男の昂奮は新二郎にも伝染した。そして、艇尾に立ててある旗を鉄の旗竿ごと引き抜いて、それを人のいない岸の灌木の間に投げこんだ。

ボートをおりた新二郎は勿論その旗を回収して自転車のハンドルに縛りつけて帰った。久男はその旗が自転車に使われると思っていたのに、家に帰ると、新二郎はそれを線路の向うの雑木林で一番大きな杉の木にくくりつけた。旗の鉄棒を竹竿に結び、その竹竿を杉の木の梢に縛りつけたから、旗は梢よりさらに一メートルばかり高い所にひるがえっていた。もっとも、その旗は雑木林の中では全く見えない。線路の手前の原っぱでも見えない。さらにその手前の久男の家の二階に上ると、白地に東京府のマークを赤く染めぬいた白い布が風にはためいているのが見えるのだった。

久男は旗を見る度に、社会の矛盾や国民の権利と義務のことを思った。

三

久男は毎日原っぱを横切って学校に行くのだが、原っぱと線路の間には桑畑があった。桑畑の間に小路があって、その先は無人踏切になっていたが、危険だというので、小学生は利用を禁止されていた。もっと駅の近くにある番人のいる踏切で線路をわたるように言われていたのである。

しかし無人踏切のそばには腕木式の信号があって、列車が通過してしばらくたつと、カタリと音がして動くのが面白くて、久男はよく学校の帰りにその無人踏切に行った。もう養蚕が始まっており、小さな蚕にふさわしい、小さくて若草色をした葉が、冬の間は枯れた棒のようだった枝について、畑の奥がよく見通せなくなっていた。

だから、桑の間から、籠をかかえたおヨシさんが突然現われた時、久男はびっくりした。

「なんだ、おヨシさんか」

「何してんだ」

「信号の変るのを見てた」

おヨシさんはちょっと智慧の足りない娘で、結婚適齢期なのに、いつも青ばなをたらして、ドロドロの着物を着ていた。その日も、普段着とも野良着ともつかない和服に地下足袋をつっかけて、桑の葉をつみに来たのだ。

「おヨシさん、蚕くれる?」

「うん、やんべ。やっからよ、桑の葉つめ」

「うん、摘む」

養蚕農家では蚕をオコサマと呼んだ。そういう家から、マッチの大箱に蚕を二匹ばかりもらって、餌の桑の葉は近くの畑から失敬して飼うのは、子供、殊に女の子の娯楽であった。成長の激しい時期には、それを学校に持ってゆき、休み時間に近くの畑に走っていって、新鮮な桑の葉をやる。もっとも、大概の子は途中で死なせてしまい、充分大きくなって体もすき通るような色になるのを見て、箱の中にワラを折りまげたのをいれてやり、そこに繭ができるまで面倒を見る子は少なかった。

久男は鞄をおヨシさんの家に放り出して空の籠を持って畑に引き返す前に、蚕棚をのぞいた。蚕が大きくなると、何万匹という蚕が葉を食う音が、サワサワサワと、音をたてて、一種迫力のあるものだが、まだ蚕は小さく、白いマッチ棒ほどの大きさだった。ただ蚕室の中は桑の爽やかな匂いで一杯だった。

しかし、いざ蚕をもらうとなると、急に育てる自信がなくなった。昨年、敏子が育てていて、新鮮な桑の葉を沢山やらなかったもので、蚕が箱からはい出して、畳の上でモソモソしているのを、母が踏みつぶして大変なさわぎになった。彼女はまるで蛇にかまれたような悲鳴をあげたのである。もし、おヨシさんから蚕をもらったりすれば今年あたり、久男の養蚕にはきびしい運命が待っていそうであった。

蚕室の入口に、オレンジ色に熟したトウモロコシがつるしてあった。種子取り用のものである。久男は蚕でなく、トウモロコシを作ってみようと思った。

「おヨシさん、トンモロコシを三粒くらいもらっていい？」

「ああやんべよ。そんでよ、おカイコはどうするよ」

「蚕はいらない」

桑畑に戻って、籠に葉を一杯にしたら、日が暮れてきた。おヨシさんの家に戻る前に道端に籠を置いて一息いれていて、線路と小路にはさまれた三角形の土地があるのに気付いた。面積は勉強机と同じか、それよりもすこし大きいくらいである。

「おヨシさん、ここにトンモロコシまいてよかんべか」

「うん、いいからまきなよ」

おヨシさんは鎌の先で、そこの地面を掘りかえしてくれた。元々、そこは桑畑の端だったのだが、何かのことで桑の株が一つ引き抜かれてできた空間だったから、雑草もはえていなかったし、農地としての一通りの手当てはしてあった。

トウモロコシの種を土でおおうと、久男はそこに小便をかけた。

「なまのしょんべんはこやしにゃなんねえど」

「だけんど、水がねえもん」

それから、毎日、久男は学校の帰りにその三角形の畑によって、小便をすることにした。学校の裏門を出ると、踏切を渡って帰る子は、指定された通学路——踏切番のいる踏切に通ずる道——を行く。久男は踏切番という仕事をちょっとよい仕事だと思っていた。小さな小屋には、畳一枚敷く余地があって、いつもきれいに片付けてあった。線路に面した入口にはコンロがあって、番人はいつもそこで湯を沸し、列車の通る合間に茶をいれて飲んでいた。冬はアルミの弁当箱をのせて温めたし、夏はまわりのガラス戸を外して、簾をいれ、その簾も線路や信号を見わたす方角では、しとみ戸のように水平に上げていた。その窓の下に朝顔、菊、その他四季の花を作っていた。

久男は踏切番の爺さんがいり豆をかじりながら、茶をいれて飲み、挺子式の踏切のバーを操作して、開閉し、通過する列車に白旗を振るのを見てから、線路ぞいの道、というより、畑と鉄道用地の境いのあぜを、無人踏切の方に進んだ。しばらくは麦畑が続いている。麦の穂の中には黒く変色して、その一部に白いカビがついているのがあって、それは見つけ次第、取ってもいいことになっていた。青くさい麦の茎を噛んで割れ目を作って吹くと、ピーと音をたてる。本当の麦笛は葉を使うので、これを口にあてて息を吹きかけると、メロディが吹けるが、茎の麦笛は、形こそ横笛に似ていたがうまく作っても、一つの音しか出ない。

前は桑畑になる。まだ桑は実がついていない。蚕が大きくなって、猛烈な食欲で桑の葉を食いはじめるころが、桑の実の熟す季節である。久男の背よりも高い桑の木の間を歩いてゆくと、正面に境界線に植えた茶の木の線が見える。

久男は茶の木の列にそって歩きながら昨年の秋、カッちゃんに茶の花の蜜を吸う要領を習ったことを思い出す。白い花をつんで、その花芯を吸う。一瞬ではあるが甘い味がするのだ。道が一メートルほど高くなった所が無人踏切である。腕木の信号機もすぐ近いし、彼のトウモロコシ畑は、線路をこえた向うになる。

禁じられていることをしているということ、いやそれ以上に鉄道の恐ろしさについて聞かされているから久男はそこで立ち止り、左右を見る。運がいいと、陽炎にゆれながら、遠ざかってゆく、または接近してくる電車が黒く見える。遠ざかってゆく場合は、レールに耳を当てると、コーン、コーンという音が伝わってくる。それを聞いているだけで、どこからともなく電車が疾走してきて轢《ひ》き殺されそうで、久男はもう一度左右を見定めて踏切を走りぬける。そのささやかな冒険の後では、必ず小便がたまった感じになる。自分のトウモロコシに肥料をやるためにも、その冒険は必要なのだった。

トウモロコシは種をまいて二三日で発芽した。最初は禾本科《かほんか》系の雑草と見分けがつかなかったが、三角形の地所の中に三角形を作るようにまいた場所は大体おぼえていたし、十日もたつと、その三本は明らかに同じ種類だとわかる特色を見せはじめた。ほかの雑草は茎らしいものが出るとすぐに横にはだかるのに、久男のトウモロコシはマッチ棒を立てたように、あくまでも垂直に茎をのばすのだった。久男は肥料をやる前に、必ずまわりの雑草を除き、その三本だけが残るようにした。

新二郎は久男の母に事あるごとに労働すると言っていたが、勉強屋を真似したのか、自転車を一台買って、働きはじめた。福音書店の配達と上原パンの注文取りと配達だ。午前中は、新住民の家を廻って、パンと菓子の注文をとる。ついでに倉屋で角砂糖やコンデンス・ミルクのカンを買ってくるようにと頼まれる。午後はその配達である。それで久男は学校の帰りによく、麦畑や畑の境界に植えてある茶の木の列の向うを、自転車で走る新二郎を見ることがあった。茶色のコールテンの背広を着て、シャツはカラーなしだから、ネクタイはしていない。天気のよい日は頭に農夫がかぶる麦藁帽子をかぶっている。

叔父がそのように働いていることは、何となく落ちぶれた感じがあって、久男はいくらか恥ずかしかった。殊に茶色のコールテンは同じ布で、半ズボンではあるが背広風の上下を久男も持っていて、通学にもそれを着ていたから、叔父を見かけると、茶の木や桑畑にかくれるようにしていた。

新二郎は自転車に乗っている間も、ルネ・クレールの『自由を我等に』の主題歌のリフレインをオルゴールのように口笛で吹いていた。「我らに我らに自由を。我らに我らに自由を」久男は畑にかくれて、その口笛の遠ざかるのを待っていた。家で新二郎は声を出して歌っていたから、久男も歌詞を知っていた。それは彼の耳には「アーヌ、アーヌ、ラリベルテ」という風に聞こえた。そのほかの部分は知らない。新二郎もそのリフレインしか知らなかったのだろう。彼はのびをする時、溜息をつく時、それを歌ったし、貧乏ゆすりをする時、久男のために少年雑誌の組立付録を作ってくれる時、このメロディを歯の間で鳴らしていた。

久男の祖父が神戸で急死して、両親が二人の子供を新二郎に預けて葬式に行くことになった。新二郎も誘われたのだが、

「あんな男が死んだって——」

と声高に拒否したのだ。久男の父は長男だったし、一応は常識人のくらしをしていたから、葬式に行かない訳にはゆかなかったのだ。両親の留守の最初の日の夕食はブタ肉と玉ネギ、キャベツのごった煮とパンだった。パンは夕方、上原パンのおかみさんが、

「新二郎さん、焼きたてだから」

とまだ熱いのを持ってきてくれて、新二郎と敏子、久男が三人で食事をするのを見ていた。

「おいしい」

と敏子が言い、久男も同感だった。シチュウだと新二郎の言うごった煮もうまかったが、焼きたての、イーストのにおいのプンプンするパンは、それだけ食べてもうまい。

「なに、こんなのは、ヨーロッパじゃ労働者の食料だ」

と新二郎が吐き出すように言う。ヨーロッパともなれば労働者でも御馳走を食べるのだな、と久男は感心した。

「ほかにどんなもの食べる?」

「ソーセージとかね。あれは屑肉で作るんだから貧乏人でも食える」

「ソーセージ好き」

と敏子が言うから、久男も、

「うん、ソーセージ好き」

と同調した。境にはソーセージを売っている店はない。こういう物は新宿のデパートに買物に行って買ってくる。それを食べながら、久男の家族は新宿の賑わいやデパートの食堂が混んでいたがおいしかったことなどを話しあうのであった。

翌日、パン屋のおかみさんは、夕方になると、パンとソーセージとバターを持ってきてくれ、前の日のように紅茶をいれてくれた。

「今日、問屋に行ったから、ついでに買ってきたのよ」

とおかみさんは、礼を言う新二郎に説明していた。パン屋は、カン詰めものだが、コンデンス・ミルク、紅茶、ジャムなどを店に置いていたので、彼女はその日、そういうものを仕入れに行ったのだ。

こんなことがあってから、久男はパン屋のおばさんと親しくなった。学校の帰りに店の中をのぞいて、色の黒いおやじがいる時は、黙って通りすぎるが、おばさんの時は、久男は、一声、

「おばさん」

と言って通る。おばさんは時には、彼を呼びとめて、

「これ、今日中に食べて下さいって、パン屋が言ってましたからって……」

とスイート・ポテトを棚から全部出して、紙袋にくれることもあった。物が腐敗しやすい夏

が近づいていたのだ。

おばさんは色が白くて、フックラして、窯に入れる前の生パンみたいな人だった。明るくて、澄んだ声をして、いつも口紅だけで化粧していた。一方、主人の方は職人にありがちな無愛想な男で、店に出る時間よりも、窯のある作業場にいる時間の方が長かった。客、すくなくとも使いに行く子供は、おばさんからでないと買わなかった。主人の方だと、

「食パン半斤」

と言えば、大きなパンから半斤分切ってくれるだけだが、おばさんは必ずきれいな紙に包んだドロップやヌガーを一つくれた。だから子供たちはお八つにジャムパンをよろこんだし、わけてもそれを買いに行くのが好きだった。

麦刈り休みの近づいたある日、真夏のような日の照りつける日に久男が学校から帰ってくると、パン屋の前を、茶色の水が流れていた。それもバケツに一杯や二杯といった状態ではなく、大雨の時のように、水はパン屋の脇から流れてくる。その前の日からパン屋の井戸替えをすると、新二郎が言っていたのは、これだなと久男にもわかった。久男は井戸替えという言葉を、井戸のポンプか何かとりかえるのだと思っていた。

久男がパン屋の裏手にまわると、井戸は腕木《うでぎ》式のポンプを取り外され、滑車が二つついた小さな三角の櫓《やぐら》が組まれていた。滑車にはロープがついていて、パン屋の主人とカンさんがそれぞれに一本ずつのロープにつかまって、井戸をのぞいては手繰っている。ロープの先に、赤土

で汚れ側壁にぶつけて潰れたバケツがあって、それをトタンで作った斜路にぶちまけると、味噌汁よりもっと赤い水が表通りの方に流れてゆくのだった。パン屋の主人はボロズボンにシャツを着ているが、カンさんの方は、褌一本である。二人ともトノコを塗ったように、衣服も肌も赤土色をしていた。やがて、

「ストップ、ストップ、チェンジしてくれ。さむい、さむい」

とくぐもった新二郎の声が聞こえた。井戸の底にいて、バケツに水をいれていたのは彼だったのだ。パン屋とカンさんが、一緒に綱を引くと、櫓がギシギシと鳴り、やがて二本の綱につかまった新二郎が井戸の枠からせり上ってきた。

「寒いの何のって、水の中につかっていると爪先の感覚がなくなってくるもんね」

新二郎の肌は白い。それだけに、水に溶けた赤土が乾いた所は水彩絵具で彩色したように鮮やかだった。

「ちょっと小便」

と新二郎はカンさんをロープで井戸におろしてから、台所の方に行った。カンさんがバケツに水をいれ、パン屋の主人がそれをあけるという手順になると、急に水量がへって、今までのように水が勢よく表通りまで流れることはない。

久男は台所に行ってみた。そこで新二郎が紅茶を飲んでいた。おかみさんが湯気のたつタオルで、新二郎の背中を拭いている。見る見る汚れがとれて、スベスベして、おかみさんのよう

に白くて、同じくらいなめらかな肌が現われる。突然、おかみさんが、ヒイッと泣き声を出して、新二郎の背にしがみついた。久男は見てはならないものを見たと思って、その場を離れた。

麦刈り休みになって、久男は同級生のゲンちゃんの弟のマサの面倒を見ることになった。要するに、朝から晩まで背負っていればよいのである。昨年もそんなことをして大変つまらなかった記憶もあって、気が進まなかったが、この時期になると遊ぶ相手がなくなるし、新二郎がしきりにやれと言うから、引き受けたのである。麦刈りと養蚕が重なるから、農地を失った家の子のゲンちゃんでも、毎日がザルを持って桑畑に行って、葉をつんで蚕室に戻るという生活である。

久男はそこまでつきあう気はなかった。しかし、丁度、桑の実の食べごろではある。ドドメと呼んでいたが、ゲンちゃんが働いている彼の本家の桑畑でドドメを取って食っているのは、背負い籠の重さで、首筋の腱をひきつらせながら桑の葉をつんでいるゲンちゃんの手前、具合が悪い。それで、久男はマサを背負ったまま、おヨシさんの畑に行った。第一、ここには彼のトウモロコシがある。それはもう久男の胸のあたりまでのびて、茎もしっかりしてきた。竹の筒にドドメをつめて、もっと細い竹で突くと、紫色の甘いジュースができた。久男は服のベルトにこの竹筒を刀のようにさしていた。ただ、ドドメの汁は服に紫色のしみを作ったし、唇や顔、指まで紫色に汚した。子供たちは洗って食べることをしなかったし、久男の母はお腹をこわすからと、ドドメを食べることを禁じていた。

久男はいくら禁じられてもそのかすかな酸味を伴った甘さには抵抗できなかった。ただ残念なことに、紫色の汚れのために、食べたことがすぐばれてしまう。しかし、麦刈り休みで、マサを背負っている限り、マサに食べさせたという口実がある。事実、マサは絶えずドドメを食べたがったし、ジュースの毒味をするという口実で、久男はほとんどを飲んだ。

その日、マサはあまり機嫌がよくなかった。マサが飲まないなら久男はドドメをジュースにするまでもないから、直接口に入れた。第一この方が服が汚れないのである。マサが、

「ハラ　イテエ、ハラ　イテエ」

と言いだし、次に、

「クソ　シテエ　クソ　シテエ」

とわめきはじめた。マサの要求をかなえてやるのは、それほどむつかしいことではなかった。マサは着物の下に、何もはいていなかったから、彼を桑畑にしゃがませて着物の裾を付け紐にはさんでやればよかった。それでもまくりあげた着物が汚れそうになると、久男は裾をひき上げたから、マサは二三度、前のめりになって、顔が泥だらけになった。マサは久男の乱暴な仕打ちと腹痛のために泣きだした。やはり、ドドメは腹によくないというのは本当だな、と久男は納得した。

後始末に困った。久男は弾力のある桑の小枝をねじ折って、そこに桑の葉をまきつけて、マ

サの小さな尻から汚れをこそぎおとした。マサを久男が背負いなおした時だった、

「なにすんだ、畑にクソなんかたれて」

籠を背負い、鎌を持ったおヨシさんだった。久男は逃げた。

「コラア」

おヨシさんは鎌を振りあげて追ってくる。おヨシさんは恐いのである。時にはキヌカツギの蒸したのを醤油につけて、

「うめえぞ、食えや」

と言ってくれるかと思うと、何かで気がたっていると、物も言わずに髪をつかんで引き倒すこともある。久男が血相をかえて逃げるのは、理由がないではなかった。

畑の端まで逃げてふり返ると、もうおヨシさんは追ってこない。久男は安心して、近所の子がおヨシさんをからかう言葉を大声で叫んだ。

「おヨシ、ヨシ、ヨシ、お人好し」

「ヤロウ、待ってろよ」

桑の葉がガサガサなる音がしたので、久男はすぐ隣りの雑木林に逃げこんだ。今度はおヨシさんは追いかけてくる。しかし背の籠が灌木に引っかかるから、マサを背負った久男でも何とか逃げられる。

雑木林の中央に灌漑用水が流れている。深さも幅も二メートルほどの溝である。久男はそれ

を跳びこえれば安心だと思った。おヨシさんはいくら汚れてはいるといっても、踵までの着物を着ていて行動に不便だし、女だから、この用水は跳びこせないと思っていた。実は久男も跳びこせない。ただ、水面に向って、ちょっと土砂が崩れている所があって、そこなら対岸から跳びこすというより跳びおりるという感じで、何とか水に足を濡らさずに越えられるのを知っていた。

久男はいつもと違って、マサを背負っていることを忘れていた。力一杯跳んだのに彼は水しぶきをあげて、用水の中央におちてしまった。向う側にはい上ろうとしたが、元々子供たちが用水路をこえるのに使う所だから、草一本生えていない上に、数日前の雨のしめり気が残っていて、土砂崩れの部分はつきたての餅のように光っていた。そんな所は濡れた手と靴では、四つんばいになっても上れない。

「ざまみろ、こっちこい、チンポコ切りとってやるから」

おヨシさんがキイキイ声でわめく。久男は用水の中をジャブジャブ歩きはじめた。

「上ってこい」

おヨシさんの声が岸の草の上から聞こえるが、もう安全である。

「おヨシ、ヨシ、ヨシ、お人好し」

鎌が空を切ったが、絶対に届かない。かつてはU字型に掘られた用水路も、何年かたってV字型に近くなっているから、おヨシさんがうっかり斜面に足を踏みいれて、前かがみになると、用水の中に転落する危険がある。

久男は安心していた。用水路はやがて突き当って、左右に別れてT字を作っている。そのあたりで、おヨシさんのいる左側には鉄条網がめぐらされ、T字の水路を右に行くと、左岸は竹藪になる。竹の地下茎が用水路の側壁につき出たり、思いがけない所から竹の子が生えるので、土砂崩れをおこしている場所が多いし、つかまって登るのに適した地下茎がいくらでもある。竹藪に入ると、もうおヨシさんの声も聞こえなければ、姿も見えない。久男は安心して声をはりあげた。

「おヨシ、ヨシ、ヨシ、お人好し」

そして、新二郎の言う革命の時が来たなら、おヨシさんは果してプロレタリアの味方なのだろうか、そのことをよく聞いておこうと思った。

竹藪を抜けて通りに出ると、久男は何となく、パン屋のおばさんに会いたくなった。別にドロップがほしかったのではないが、近ごろではおばさんはガラスを拭きながら、新二郎のように『自由を我等に』の主題歌のリフレインを口ずさんでいるのだった。「我らに、我らに、自由を。我らに、我らに、自由を」

しかし、パン屋にはおばさんはいなかった。青黒い顔をしたおじさんがいるだけだった。店の前を通りすぎようとすると、いつになくおじさんが声をかけてきた。

「坊や、新二郎おじさんは?」

「知らない」

「昨夜家にいたか？」

そう言えば新二郎はいなかった。

「いなかった」

「どこに行った？」

「知らない」

おじさんはそれきり、久男には口をきかなかった。それ以来、新二郎もパン屋のおばさんも姿を見せなくなった。『自由を我等に』のリフレインをハミングするのは、久男の癖にもなっていたのに、母から、

「そんな歌、歌ったらいけません。お巡りさんに叱られますよ」

と禁止されてしまった。また新二郎のことを話題にすると、両親ともひどく不機嫌になって、そしてどこに行ったのかをたずねることさえ許されなかった。

「新二郎おじさん、どうしたんだろうなあ」

と姉の敏子と一緒に寝ている時に、彼女の背中に向って、久男は独り言のようにして言ってみた。

「カケオチしたのよ、パン屋のおばさんと」

「カケオチってなに？」

「パン屋のおばさんを連れて逃げちゃったの」

「どこへ」

敏子はグッとつまった。やがて、

「行く先がわかれば逃げるって言わないのよ。隠れんぼでも隠れ場所がわかったら、隠れんぼにならないじゃないの、バカね」

敏子はそれきり、背中をゆすって掛け蒲団を体の下に巻きこみ、もう久男の相手にはならずに眠るという意図を示した。久男も敏子に背を向けて、体を丸めて眠る姿勢をとった。目を閉じている久男の網膜に突然、踏切脇の三角形の地所に生えている三本のトウモロコシがありありと、現実に見ているかのように浮かび上った。久男は、あ、これはもう夢なんだな、ぼくは眠りかけているのだと薄れてゆく意識の底で考えた。

その後間もなく、久男は元通り、敏子とは別の部屋で寝るようになった。

四

久男が新二郎と再会するまでに、それから何年もたった。久男は小学校六年生になっており、彼の家はもう境ではなく、大森に移っていた。その日久男が学校から帰ってくると、新二郎がコールテンではなく、夏の薄手のウーステッドの背広を着て扇風機の風に吹かれていた。彼が一緒につれているのは、パン屋のおばさんではなかった。若い女で赤い鳥の羽根のついたパン皿ほどの黒い帽子を頭にのせ、白い富士絹のブラウスに、ウールのクリーム色のタイトスカートをはき、久男の家の客間で横坐りの姿勢でタバコを吸っていた。久男も中学の入試の準備をする年になっていたから、男と女のこともある程度わかる年になっていた。彼は、母が中座したすきに小声でたずねた。

「どうしたの、あのパン屋のおばさん」

新二郎は妻だと紹介した女の方に目を向けるでもなく、平然と説明した。

「ああ、あの人ね、直子さん。あの人はね、パン屋さんの所に行く前は大きなホテルのウエイトレスだった。今度満洲に新しいホテルができることになってね、前のホテルの知りあいに頼まれて、そっちに行くことになった」

久男は子供心に新二郎を偽善者だと思った。そんなキレイ事である訳がない。泣いたり怒鳴りあったり、物をぶつけたり……。そんなことが度重なったあげく、そういう生活を続けているよりはと、パン屋のおばさんは新しい土地に行ったに違いない。

今度の新二郎の奥さんという人は夫の言葉が聞こえなかったかのように、澄ましてタバコを吸っていた。富士絹のブラウスは肩や胸のたかまりをかくすどころかあらわにするばかりだったし、ニンジン色の靴下につつまれた脚を見れば、はちきれそうなスカートの下で、大腿や腰がどうなっているか、久男にも充分想像がつくのだった。女の体はこんなに曲線の多いものかと思い、久男はそういう彼女をまぶしいと思った。ほんの数日前、彼は美術全集にあるゴヤの裸のマハを見ていて急におかしくなって、生まれてはじめて下着を汚したばかりだった。母が茶と菓子を持って戻ってきたのでパン屋のおばさんの話は押しやられてしまった。サトがなつかしそうに言う。

「まあ、でも新二郎さん、本当に突然なんですものねえ」

「そりゃ、私も、こちらに足を向けられない事情がありましたからね。でも、兄さんのことはわかってたんです。会社に電話して住所くらい知ってました」

「それより……」

サトも直子のことをたずねたかったらしいが、大人だけに、新二郎の妻に遠慮したのか口ごもった。新二郎だって、兄嫁が何を聞きたがっているかわかっているだろうに、知らんふりをした。サトが質問の中身を変えたのが、久男にもわかった。彼女の表情が変ったのだ。

「それより、新二郎さん、どうしてたの？」

「あれから、C大の夜の専門部を出ましてね、今は、昼の学部に籍があります。国文科です。仕事が忙がしいんで、大学はほとんど行きませんけれど、落第はしないつもりです。それからもう政治運動はやりませんよ」

「それはいいけれど、生活の方は？」

「印刷会社の営業に勤めてるんです。営業といっても、役所の定期刊行物を作ってるんです。

役人なんて編集のことわからないし、やっとわかりかけたころ転任するでしょう。ぼくが一人で役人にかわって、雑誌つくってるようなもんですよ。おかげでよそに仕事をとられる心配はないし、会社はこれでもうけてるから、ぼくが役所に通勤してるみたいでも、文句は言いませんけどね。まあ、半分自由業です。兄さんの方はどうなんです」

「境にいるころは、不景気でドイツの工作機械を輸入したって、買手がなかったでしょう。震災で横浜のオフィスも倉庫も焼けるし、東京の本社ったって、社長さんのお宅でしょう。仕事もろくにないし、ウチも暗澹たる思いだったらしいのよね。それがここん所、軍需景気で、横浜と東京の両方に用があるというので、ここに引越したのよ。でも、中央線沿線て懐かしいから、また、久男が中学を受ける時に吉祥寺あたりに引越そうかと思うの。敏子の女学校も四谷だし……」

「そうですか、何か景気よさそうじゃないですか。ぼくら、アパート住まいですけれど、しばらくこの辺にくるかな」

　そこで新二郎と奥さん——弘子という名前だと久男は教えられた——は久男の案内でアパートの部屋探しをすることになった。その間にサトは夕食の仕度をし、新二郎たちが戻るころには、鎮一も会社をひけて家に帰ってくる。

　大森のあたりは坂が多い。旧家の広い屋敷から大木が枝を道の上にはりひろげているかと思うと、東京での仕事を引退した人のこぢんまりした家や、サラリーマン向けの貸家、アパートなどがその間に混っている。久男は坂や住宅の間の曲りくねった道を、前になり、後になって案内した。本当は弘子を見たかった。歩いている姿を眺めて、服の下の彼女の体がどんななのか想像したかった。しかし、彼女のそばにいて、まじまじと眺める訳にはいかなかったから、散歩につれてゆかれた犬のように走り廻った。たとえば坂道を十メートルくらい下から走って弘子を追い越してゆく時、彼は弘子のハイヒールをはいた脚の線や、狭いスカート一杯に足を踏み出した時の彼女の腰から尻の形を二三秒の間ではあるが見ることができる。日光の直射を背中から受けても、木洩日の水玉模様の光を受けても、彼女の腰は充実した立体感で久男の心をゆすぶった。

結局、新二郎は久男の家から五分とかからない距離にある六畳のアパートを借りることになった。

「いい部屋じゃないけれど、退屈だったら、兄さんの家に遊びに行けばいい。姉さんが料理なんかも教えてくれるし……。勿論、出入りの商人も買物する店も教わったらいい」

久男が叔父夫婦をつれて家に戻ってみると、鎮一はもう家にいて、風呂から上ったところだった。

「さ、新二郎さんも弘子さんも、蒸し暑いから、行水のつもりでお風呂入んなさい。上ったら、年よりくさいけれど、兄さんとあたしの古浴衣でも着て、今夜はいろいろ話もあるでしょうから、お泊んなさいよ。新二郎さんも明日は、ウチから会社に行ったらいいわ」

二人が風呂に入っている間に、久男は大急ぎで宿題を片付けた。襖一枚へだてた居間で、両親の低い話し声が聞こえた。

「で、実践活動の方はやってるようか?」

「そっちは全然ですって」

「月給はいくらなんだ」

「七十円でボーナスが三月分くらい」

「七十円か。まあまあだな」

「それが弘子さんという人がお炊事全然ダメで、食堂で三度三度食べてるから、料理を教えてやってほしいと言うんだけれど……」

「食堂で食ってるって?」

「ええ、ほら、学生や独り者相手の店がありますでしょう。看板が出ていて、朝十二銭、昼十八銭、晩二十銭なんてのが、ああいう所」

「弘子ってどういう女なんだ」

「ダンサーですって」

「ダンサー!」

「ええ、だからタバコなんかスパーと吸っちゃって、普通じゃないわ」

「そんな女があいつの安月給でやってゆけるかね」

「だからね、しきりにウチの近くに住みたがるし、あたしに料理はじめ一通りのことを教えてやってくれと言うの」

「あいつはどうも女癖が悪いなあ。前はパン屋の女房だろう。その前は……」

「その前があるんですか」

「うん。高校生のころね、バス会社にアジりに行って、バスガールをはらませたことがあるらしい」

「でも、無理ないわ。生みの母に早く死なれて、継母に育てられたんでしょう。腹違いの妹ができる。いじめられないにしても、女の人の愛に飢えるようになるわよ、それは」

この時、急にサトの声が大きく華やかになった。

「アラ、マア、浴衣お似合いだわ、とってもあたしみたいなおばあさんの物とは思えない。さ、どうぞ、こちらで。新二郎さんて、ウチより大きいのね。袖丈は丁度だから、つまり脚が長いのね、西洋人みたいなんだわ」

兄と違って、いくらかはアルコールをたしなむ新二郎は、ビール一本も飲むと、真赤になった胸をはだけて、しゃべりはじめた。

「ね、兄さん、ぼくはね、いよいよ、時が来たと思うんだけど。スペインの人民戦線とフランコ軍の戦い。シナでは共産系の張学良が蔣介石をつかまえる。それぞれ、西洋と東洋の古い大国で、いつの間にか成り金の国に追いこされた国がこういう状況になってみると、ここでおきた火がきっと資本主義諸国にとび火する。現に、英仏米のインテリたちはスペインの人民戦線に参加している。日本軍部は満洲をおさえるために張作霖を抱きこもうとして失敗して、ありゃ多分、日本の仕業だと思うけれど、張作霖が死んでからは、息子の張学良を共産党に追いやる結果になる。一方、英国はシンプソン事件で皇帝は退位するし、日本も二・二六事件で青年将校が天皇をかつごうとして失敗した。つまり、日本でも、イギリスでも君主制にガタが……」

「新二郎さん声が大きいわよ、人に聞かれると大変よ」

サトが鋭い声でたしなめた。久男は刺身で熱い飯を食べながら、久しぶりに新二郎の話を聞いたと思った。

「新二郎、いい加減にしろ、それより、後妻の生活のことだがな……」

と鎮一が新しい話題を持ち出した。後妻というのは、久男の死んだ祖父の三人目の妻である。鎮一と新二郎は互いに異母兄弟であったが、兄弟の父が三度目の結婚をして、その二人にとって義理の母になる人が未亡人になって郷里で暮している。彼女と彼女が産んだ娘の生活と教育をどうしよう、と相談しているのだ。つまり世界革命などと、たわ言を言っていないで、もっと現実的になれ、ということなのだろう。

もっとも、そういう話題になると間もなく、久男と姉の敏子は寝かされてしまった。廊下で久男が敏子にたずねた。

「ねえ、ダンサーって何?」

ぼんやり知ってはいたが、この際、はっきりさせておきたかったのだ。

「ダンス・ホールで働いている人でね、一曲いくらってお金もらって、男の人と踊るのよ。一種の醜業婦ね」

と敏子は吐き出すように言った。

「叔父さんも叔父さんよ。二言目にはプロレタリアとか革命とか言うくせに、結局はあんな人と結婚しちゃうんだから。叔父さんが近くに住むようになると、お母さんがおじさんの受けうりで、プチブル根性がどうのこうのって言うでしょう。また、あたしが迷惑させられちゃう」

敏子はサトが敏子の境にいたころの同級生のカッちゃんと偶然、出会ったことを言っているのだ。サトがその年の冬友人を訪問して、とてもいい美容院を紹介してやると、友人の家の近くの店に行った時、急に、

「敏子さんのおばさん」

と下働きの娘に声をかけられた。それがカッちゃんだった。

「可哀そうに、毎日、何十枚というタオルを洗うのよね。しもやけがひどくて、くずれてるの。その手で、洗濯するんですよ。それにひきかえ、あなたはノラノラ遊んで、少女歌劇だ、ロバート・テーラーだとお小遣いばかりほしがって。カッちゃんのようなお友達のことを考えなさい。罰が当りますよ。罰なんて言っても、迷信じゃありませんよ。革命がおきたら、あなたみたいな人が、真先に始末されちゃうんですよ」

サトは時々、こんな言い方をした。大陸で戦争がはじまって、久男が友人や街の戦勝気分に乗って、日本軍は強い、と言うと、

「でも、殺されたシナ兵にも、一人、一人みんなお母さんがいるのよ」

と言って、久男の昂奮に水をかけた。彼はそういうことがある度に、面白がって遊んでいたゲームを下らないと笑われたような、白けた思いを味わった。しかし敏子は気の強い娘だったから、カッちゃんがしもやけで野球のグローブみたいになった手でタオルを洗っていた話や、敏子みたいな人間は、革命の日には真先に殺される、といったお説教を二度三度聞かされると黙っていなかった。

「わたし、革命の時に殺されたくないから、学校やめて、カッちゃんみたいに美容院で働く。そして実践運動に入る」

「何言うんです、敏子は……」

「お母さんこそ、何言ってんのよ。革命とか何とか口先ばっかりじゃないの。カッちゃんのしもやけもあきれるわ。今は夏よ。もうとっくになおってるわよ、ばかばかしい」

そう言うと、プイと家を出て行ってしまう。玄関を出る時に、

「キョウコさんとこに遊びに行ってきまーす」

と大声で、何ごともなかったかのように叫ぶ。怒って体を震わさんばかりのサトを見ると、久男は自分が叱られている訳でもないのに、その場を離れられない。するとサトは、

「久男、ボンヤリしてないで、勉強しなさい。来年、入学試験ですよ」

と八つ当りするから、それをきっかけに、自分の部屋に逃げこむ。次男の隆男は妙な子で、姉が母と言い争おうが、兄が怒鳴られようが、何も耳に入らないかのように、何時間でもアリの巣を眺めていた。時には一匹のアリの行方を追って、庭中ついて廻り、垣根をこえて、挨拶もせずに隣りの庭に侵入して、客と碁を打っている隣家の主人を驚かせたことがある。

形ばかり勉強しているふりをして、久男はアリを観察している隆男に声をかけた。

「隆男、隆男」

「ん?」

隆男はしゃがんだ膝の間に頭をめりこませるような姿勢のまま答える。

「そんなカッコしてると体に悪いぞ」

「うん」

「何してんだ」

「アリがね、巣に入っちゃうだろう。今度、出てきた時、どれがどれだかわからないんだよね。どうしたらいいかなあ」

新二郎と弘子が近くのアパートに来てからは、弘子は天気の悪くない限り、久男の家に来た。新二郎が出勤した後、六畳のアパートを簡単に掃除するとすぐ義兄の家に来るのだった。久男が学校から帰ると、弘子はサトとしゃべっていた。買出しも料理や洗濯も手伝ってくれたから、無給のお手伝いみたいなもので、サトはお手伝いをクビにしたくらいだった。もっとも物干しの衣類を見ると、久男の一家のものばかりではなかったから、弘子はアパートを出る時に、自分たちの汚れ物も持ってきたのである。それに新二郎の帰りが遅い日は、家族の一員のような顔をして、夕食を共にした。そんな日は、夜九時ころになって、久男たちのために、すしや肉饅頭を持って新二郎が弘子を迎えに来る。

新二郎の仕事は、徹夜をする日もあるかわり、暇な時は午後匆々《そうそう》に帰れる日もあった。早く退けた日は、久男が帰ってくると、弘子だけでなく、新二郎も家にいてサトとしゃべっていた。久男を見ると、

「おい、風呂に行こう」

と誘った。新二郎は家の狭い風呂よりも、人のいない早い時間の銭湯が好きだったのである。久男も、夏期の短縮授業になっていて、午後は学校はなくなっていた。

「プールに行くより、よっぽど涼しいんだ」

と新二郎は満足そうに、まだほとんど人の入っていない浴槽に体を沈めた。高い窓からの直射日光が、透明な湯にまじる金気の茶色の粉末を照らし出す。湯に沈んでいる新二郎の女のように白い肌にまで日光は明るく宿っていた。

浴槽を出ると、新二郎はタイルの上に大の字になり、洗い桶にタオルをのせたのを枕にして、

久男にもそうしろとすすめた。

ペンキを真白に塗った高い天井の両側の窓が開け放されて、そこから夏の湿気でにごった青空が見えた。浴槽から立ち昇った湯気は日射しを受けて雲のように光って、天井のあたりまで上ってゆくが、そこで急に風に吹きまくられて消えてしまう。どこからかセミの声が聞こえる。

「こうやって、汗をかいて、後で軽く洗って流してから、家に帰ってビールを飲む。これが極楽さ」

新二郎はそんなことを言うかと思うと、

「フランスにやがて人民戦線がつくられ、次はいよいよ、社会主義だ。日本は今に金がなくなって、戦争ができなくなる。ドイツは、ヒトラーというキチガイが……」

七月になって間もなく、北京の郊外で日本軍とシナ軍の間で大がかりな戦争がはじまったばかりだった。新二郎はまるで自分の言葉が着々と現実になってゆくのを見る予言者のように、大得意で久男に世界の状勢を解説し続けた。

そんな生活が長い間続いたように久男は思うのだが、実は、ほんの僅かな間だったのだろう。恐らくは六月ころからはじまって、八月の半ばまでしか続かなかったのだ。上海で戦争がはじまって間もなく、新二郎は召集されて軍隊に入ることになった。

そのころは入隊する人を送るのに、旗や幟をたてて、軍服を着た軍隊生活体験者の町会の役員に守られた入隊者を先頭に、日の丸の旗を持った行列が駅まで練り歩くのが普通だった。

しかし新二郎を送ったのは、弘子と久男の一家だけだった。新二郎は夜汽車で東京を発ち、翌朝郷里の駅から直接入隊するのだった。久男たちは銀座に出て、新二郎の好きなステーキで夕食をすませ、秋の気配のする宵の銀座を歩いて、東京駅に行った。駅のホームには、夜だというのに何人もの入隊者を送るグループがいて、酒の酔いで顔を赤くした男たちが、万歳をわめきちらしていたけれど、新二郎はそういうグループを横目で見て、軽蔑したように唇をゆがめた。彼は入隊者の誰もがかけているたすきをつけていず、前の日に坊主刈りにした頭を深くかぶったソフトでかくしていた。背広にネクタイをきちんとしめて、軍隊ではなく、ホテルに食事に行くみたいだった。

「あたしも、兵営の門まで行きます」

と弘子が朝から何度も口にしたことを、また繰返した。

「いや、ぼくはね、君にそんな所を見られたくないんだ。犯罪者だって、手錠をかけられて刑務所にひきたてられてゆくのや、看視されながら、赤い服を着て、労役させられている姿を、家族に見せたくはないと思う」

それを聞いて、敏子が珍しく涙ぐんだ。まわりの万歳を叫んでいる人々の中で、新二郎をかこむ数名だけがひっそりしていた。弘子も不機嫌な顔をしていた。鎮一とサトはまわりの人がうるさくて仕方がないという風にかすかに眉をひそめて無表情だった。隆男が久男の袖を引き、背のびして耳に口をよせた。

「お兄さん、見てごらん、あの人、少将だよ、ほら、ね、少将だよ」

弘子も久男たちと一緒に久男の家に戻ってきた。サトは弘子に泊ってゆけとすすめたが弘子は強情にアパートに帰ると言った。サトはしばらく考えていたが、久男に、

「じゃ、あなた、おばさんを送っていらっしゃい」

「大丈夫よ、お姉さん」

と弘子は言ったが、それがアパートに帰らせてもらう条件と思ったのか、

「じゃ、久男ちゃん、行こう」

と立ち上った。

もう夜も更けていたが、アパートに帰る途中、弘子も何も口をきかなかった。アパートの前の急な坂道を、久男は走るように上ったから、それにあわせて歩いた弘子は息を切らせた。アパートに入っても、彼女の部屋の二階までさらに階段を上らねばならない。二三段上ったところで、弘子は、

「ちょっと待って、暑い。汗かいちゃった」

「おぶってあげる?」

「久男ちゃんが?　おばさん重いのよ、デブだから」

久男は弘子を背負って階段を上りはじめた。最初のうち、左手を階段の手摺にそえていた弘子は、久男が危げなく階段を上ってゆくと、両手を久男の首にまわした。

「力があるわねえ、久男ちゃん」

弘子は重かった。それ以上に、汗の中に女のにおいと化粧品のにおいがした。久男の背中に温くて軟らかい弘子の体が密着していた。「あの時」には、自分の性器もこんなにぴったりと女の肉にとらえられるのだろうかと思うと、全力をふりしぼって階段を上っているのに、久男の体は欲望に目覚めた。彼の背中が、女に抱きしめられた性器になったように、首筋から背筋を快感が走り、それが皮膚の全体にひろがった。

四年前の夏、井戸替えをしていた新二郎の裸の背を拭いていたパン屋のおかみさんが、悲鳴をあげて彼の背にしがみついた光景を思いだした。そして、新二郎が駆け落ちしたのは、この昂奮のためだったのか、と新しい発見をした感動を久男は覚えた。弘子は久男の心と体に起きている嵐に気付いていない。しかし、もし弘子が久男に一緒にどこかへ行こうと言えば、彼はその場で、この夏の闇の中を、どこへでも行きそうだった。そうなったら、もう親にも会えない。姉や弟にも会えない。

「おぶさったまま鍵あけるから、ちょっと待ってね」

久男の胸のあたりでぶらさげていたハンドバッグから弘子が鍵を出した。久男はいつの間にか、彼女の部屋まで来ていたのだ。

弘子と一緒にどこへ逃げようか。駅前から石段を登った所にある神社の境内から見える、海苔ヒビの植わった海へ逃げようか。海辺には釣り舟や漁民の小舟があちこちにつないであって、その一隻を盗んで沖に出ることはやさしそうだった。暗い沖に出て、二人きりになったら、久男は弘子と何をするのだろうか。真暗な海の上で弘子と二人きりになったら、そしてもう親にも会えないとなると、きっと二人は死ぬのだろう。久男の目は涙でくもってきた。

弘子がおぶさったまま、バタンと扉を閉めたはずみに、久男はころんでしまった。そこはもう部屋の中で、久男は背中から弘子に抱きかかえられた形で畳に倒れた。

「あら、久男ちゃん、泣いているの?」

突然、彼は弘子に堅く抱きしめられた。彼女は女の子が大切な人形をとられまいとするように、久男を胸にかかえこんだ。そして、喉を震わせて泣きだした。

今はもう、久男の体のほとんどが、弘子の体と接していた。ただ接しているのではなく、弘子は泣きながら、久男を抱く腕に力をこめ、体重を彼の体にかけていた。その軟らかくて重い肉におされて、久男が弘子に感付かれたくないと思っていた身体の一部がついにはじけてしまった。これまで何度も弘子を思いえがいて、そういう喜びをえてきたのに、今、彼は彼女の匂いをかぎ、熱い体温と肉の圧力によって、体中が震えるほどの快感に圧倒されていた。

しかし昂奮がさめると、弘子の体はただひたすらに重く、彼の胸をしめつける彼女の腕がわずらわしかった。久男は弘子から体を放そうとした。弘子の腕の力が弱まった。

「ぼく、帰る」

久男は走って部屋を出て階段を駆けおり、アパートの前の坂道を、大股で下っていった。そして、今のことは果して弘子に気付かれなかっただろうか、と心配だった。

二年ほどたって、新二郎は大陸の小さな村で戦死した。女子工員の宿舎の寮母をしていた弘子が何ヶ月か後に郷里の原隊に遺骨を受けとりに行った。彼女は久男の家に来ては泣いていたが、やがて再婚したとかで、音信は途絶えた。

五

久男は小学校五年の時に、大森の学校に転校したのだが、敏子は境の小学校を卒業したので、移転後も、何かと同窓会などの通知があったようだ。だからといって、同窓会に出たり、小学校時代の友人と交際があったというのではなさそうだった。敏子の場合、境にいたのは十年たらずだし、移転後も半世紀近い月日がたっている。彼女も孫がいる年になっていて、境での生活は、彼女の人生の一小部分でしかない。久男はまだ境のことを記憶しているが、五十歳になる隆男に至っては、子供のころの思い出といえば大森と、次に住んだ吉祥寺である。だから何かのことがあって姉と弟三人が集まることがあっても、境のことを話すこともなかった。

それなのに、ある晩おそく敏子から久男に電話があった。両方の家とも、親子電話になって、就寝時には、居間から寝室に電話を切りかえておく。親たちが八十をこえたから変事がおこっても、すぐ連絡できるようにという配慮からだった。しかしこれは寝たまま、親しい人とおしゃべりをするのに便利だった。

「今日ね、境の小学校の七十周年記念の同窓会に行ってきたの」

敏子の声は弾んでいた。確かにこの話題なら、相手になるのは久男しかいない。

「どうしてまた」

「カッちゃん覚えてる?」

「うん、グミの持主で美容院の下働きをしていて、しもやけではれ上った手で、タオル洗ってた人」

「そうそう。彼女から電話があって、是非来いって。久男ちゃんも元気かって」

「どうして、連絡ついたの」

「あたしの行く美容室の人で、今まで境の店で働いてたという人がいるのよね。昔、境にいたっていうことから、いろいろ話してたら、彼女が働いていた店というのがカッちゃんの店なのよ」

「へえ。じゃ、もうしもやけの手でタオルを洗わんでいい訳だ」

「それどころか、三階建てのビルを駅前通りに建てて、大変な景気よ。女手一つで作ったんですって」

「彼女、強かったから」

「旦那ってのが十も年下の人でね、一階が化粧品店、二階が美容院、三階が住居という風になってでね。旦那さんに化粧品の店を、そう、やらせてるって感じ」

「弟で、ぼくと同級だったゲンちゃんは？」

「彼、少年航空兵で、訓練中事故死したらしいわ。十八くらいの時ですって……」

「おヨシさんはどうなったかな」

「そう、そう、そのことよね。おヨシさんの兄さんは普通だったでしょう。でも、ああいう妹がいて、お嫁の来てがなくて、あの土地に居づらかったんじゃない？　おヨシさんを連れて、東京へ出てきたのよね。気の毒な家で、二人の両親とも変死したみたい。カッちゃんもはっきり言わなかったけれど……」

「ぼくはおヨシさんの畑でトウモロコシを作った。夏休みの終りになっても、実が半分しかついてなかったけれど、おヨシさんと一緒に焼いて食った」

「おヨシさんとこの畠を借りたのがカンさんだったのよ」

「ああ、酔っ払って、土地を返せって、ウチに石を投げたおじさん。あの人、新二郎さんと井戸替えやってた」

「そう。それが農地解放で、あの人の物になったもんで、今じゃ、あんたが子守りしていたマサちゃんなんか大金持よ」

「そうだ。カンさんの息子のマサ。あいつ、青っぱなたらして、汚なくて、ドドメを食いすぎて、下痢しやがって」

「マサちゃんは市会議員だしさ、暇さえあれば東南アジアに女買いに行くらしいわ。だから、片言の英語やタイ語ができて、このごろじゃ、自分がリーダーになって、行くみたいよ」

雑巾みたいな着物を着て、久男の背負い方がへたなもので、青あざのある尻を丸出しにしていたマサを久男は思い出した。背負紐に使っている兵児帯がゆるむと、マサは久男の腰のあたりまでずりおちてくる。そうなるとおぶわれ心地が悪いのか、岩を登る登山者のように久男の背をよじて、彼の肩の上に自分の首を出そうとするのだった。その際、久男は背中を蹴られるし、服の襟を後ろからつかまれるし、マサを地面にほうり出して帰ろうかと思ったものだった。

「クソシテエ、クソシテエ」

とマサが泣いて、桑畑で下痢をしたことがあった。あの時、おヨシさんが鎌を持って追ってきたが、結局、あの畑はカンさんの家のものになり、今は多分、住宅地として坪何十万円で取引きされている。久男はトウモロコシを作った土地の説明を敏子にして、

「あの辺どうなってるかなあ」

「とにかくね、もうね、畠なんか全然ないわよ。行ってみないけれど、そこも住宅地か商店街よ」

「新二郎おじさんが、旧制高校の徽章をもぎとった白線帽にマントを着て、朴歯の下駄の左脚を引きずるようにしてウチに来た時、ぼくは丁度、自転車に乗って遊んでたんだ。あの原っぱもびっしり家が建ったろうな。しかし、新二郎叔父さんは靖国神社に祀られるのは不本意だろうなあ」

敏子の笑い声が、久男の耳にカリカリカリと電話の雑音のように響いた。

「そうでもないかもよ。郷里の墓地にお骨があるといったって、誰も新二郎叔父さんのことを思って泣いてくれる人なんかいないもの。親も妻も子もいない、兄弟だって腹ちがいだし、それなら、ほかの人と一緒でも、神主さんが年に何回かお祀りしてくれる方がましよ」

「そうかな、そうなんだろうな。してみると靖国神社の神さまの中にはキリスト教徒も共産主義者も無政府主義者もいるんだな。新二郎おじさん、今まで生きてたら、ウチのおフクロさんと同じで、選挙の度に共産党に入れてたかなあ」

久男も一しきり笑ってから電話を切った。


〈昭和56(1981)年「文藝」7月号 初出〉

武蔵野インディアン

一

「お前なあ、あんな対談に出るんだったら、一言おれに相談しろや、向うにウソ八百言われて、ハイ、そうですか、とへいこらしていることがあるもんか」

新聞にその対談が出るとすぐに、久男の所に中学の同級生の村野から電話があった。村野とは中学時代は子犬みたいにじゃれあった記憶はあるが、その後さっぱり没交渉になっている仲だったから、久男はちょっと驚いた。たしか彼は東京都下の砂川の市長をしているはずである。一方、久男は売文業だから、都内に住んで仕事の上の接触もない。何年か前、村野が立候補する時、中学時代の同級生ということで、応援演説に来いと言ってきたことがあった。久男は冷酷すぎるかとは思ったが「そういうことは一切しないことにしている」と断ったから、村野の方でそれを含んで、友人のリストから外したのだろうと諦めていた。

「うん、あれはおれも、もうすこし準備して出ればよかったと反省している」

「土方もな、榎本さんも怒ってるんだ。一度、飯でも食いながら、太田久男を教育する会というのをやらなくちゃならない、と言ってんだ」

土方は立川の旧制中学で同級だったことのある友人だ。榎本は二年上で、中学の近くの神社の神官の息子だった。そういう人たちにまで励まされねばならないほど、教育についてのその対談で自分はみじめにやっつけられたのだろうかと、久男はなんだか気が滅入ってきた。

そもそものはじまりは、久男がその新聞に頼まれたエッセイに、柄にもなく教育問題について書いたことだった。先天性が決定的だという趣旨の文章を書いたら、教育学者に反論され、新聞で対談する破目になったのである。

久男は字がヘタだ。姉も弟も、特に字がうまくはないが、まず人並みだった。父は自分の標札を自分で書くのに抵抗を感じなかったし、母も半紙を二つ折りにして、まず表題のように欠《けっ》席届《せきとどけ》と書き、次に子供の名前を第一行の下段に書き、それに並べて、「右ノ者、×月×日風邪ノ為、缺席致サセ候ニ付キ、此度……」と筆で書いてくれた。

ただ、一家の中で久男だけが、字がうまくない。昔、毛筆を使う習字という時間があった。「君が代　國の光」などと書くのだが、難物は最後の署名であった。小さく、三年一組太田久男と書かねばならない。字のうまい子は大きく、「君が代　國の光」と二行に書いた筆の先を使って名前を書くのだが、久男がそれをやると「年」も「組」も黒い団子になってしまう。

小学校の前の文房具屋に親子筆というのを売っていた。太い筆の軸に細字専用の小さな筆が仕込まれていた。久男は専ら署名はこの小さな筆に頼っていたが、この子筆の方は今から思うと大変に粗末なできであった。割り箸の先を噛みくだいて書いた方がましではないかという程度の筆であった。

それでも、三年一組まではかなり画数が多くても、何とかなる。太、田、久、という字も書きやすい。ところが字配りの下手な久男が書くと、最後の男のためのスペースはほとんど残っていない。そこでなるべく平たく男の字を書くと、その上半分の田は団子になり、力の下半分は半紙をはみ出して机の上に書くことになる。

人間の能力を先天性と後天性に分けて、久男は先天性に重きを置きたい気持がある。久男の父は技師であった。技師といっても製造業には直接関係なく、技術的な知識を利用して、外国の工業製品、主に電気の機械を輸入する仕事をしていた。従って久男も戦前から、ボッシュ、フィリップス、ジェネラル・エレクトリックなどという名前を知っていた。

父は工科を出たくせに、外国語ができた。多分、油にまみれるより、机の上で手を汚さない仕事に向いていたのだろう。機械類を輸入する小さな貿易会社に就職して、そこの支配人にまでなったのだから、それでも実直な人間だったのだ。

どんな男も自分の母を凡庸な、ありふれた女だったと言うだろう。久男も自分の母が娘時代に美しかったとか、浮気っぽかったか、といったことを考えたこともなかったが、田舎の開業医の娘だということは知っていた。

戦時中、飛行隊長として新聞に出て、英雄扱いをされた海軍大佐がいた。その記事を久男が読んでいると、母が突然、

「お母さんはね、この人と縁談があったの」

と言ったことがある。久男は自分の両親が見合い結婚だということを知っていた。父も母も

もてる方ではないから、互いに最初の、従って一度きりの見合いで結婚したのだと信じきっているところがあった。だから若い娘だった母がほかの男に関心を持たれることがありえたとは、考えもしなかった。そのころ、姉の敏子にポツポツ縁談があったころでもあり、久男としては敏子にもそういう話があるのなら、母にそんなことがあってもおかしくはないと納得できる年にはなっていた。今から考えると、彼女は娘に縁談を持ちこまれる年になって、自分の若い時のことを、なつかしむような心境になっていたのかもしれない。

「何故、この人と結婚しようと思わなかったの、お母さんは」

「そのころ、飛行機乗りは危いということになっていたのよ。何年かの間に、きっと落ちて死ぬ、ということだったの」

「ふーん」

「お父さんとお話があった時、会社が横浜にあって、ニュー・グランドでお食事したのよ。お母さんは田舎から出てきたから、港が見えるし、街の感じが外国に行ったみたいでしょう。それで、この街に住めるなら結婚してもいい、と思ってね」

とにかく、久男の母は海軍軍人や貿易会社に勤める技師と縁談のある娘であったのだろう。しかし文学少女でもなく、音楽家になりたいと願うような娘ではなかった。

姉の敏子は旧制の女学校を出て、そこの卒業生に花嫁修業をさせる専攻科という所に入って、国文学をやったはずだ。といって国文学に興味があった訳ではない、改めて何かを学ぶのは面倒だが、日本語は子供の時からしゃべっているから、国文学なら特に勉強しなくとも、といった程度の考えだったのだろう。

敏子は専攻科に在籍中、大学は経済学部を出て、銀行に在籍のまま軍隊に入って、主計将校になっている男と結婚した。彼は久男の両親の予想通り、大陸に出されたものの、上海にあった兵站基地で帳簿とにらめっこをしているうちに戦争に負けて、無事復員してきた。彼は元の銀行に復職して、停年近くなってから、ある信用金庫に移って今はそこの経営に加わっている。

久男の弟の隆男は大学で工業数学という妙なものを専攻したが、大きな電気会社に入って、コンピューターの設計に従事している。

要するに、久男の一族の誰一人として、本当の意味で、文学の世界にかかわりを持つ者はいなかった。久男ただ一人である。同じ親の子として生まれ、同じ環境に育ちながら、自分だけ別のタイプの人間になったのは、やはり先天性だと久男としては考えたいところがある。こういう仕事は、「才能」という、要するに訳のわからないものを頼りにしなければならないのだから、それはうまれつきのものだと考えるのが、精神衛生上もよいのだ。

強いて後天性を言うなら、久男は敏子の後にうまれた男の子という点を重視すべきだったかもしれない。長男というので両親は大切にしたし、四つ上の敏子は自分の人形みたいに久男を扱った。その結果、身の廻りのことを、久男は何一つしなくともよいことになり、不器用になる。習字がヘタというのはその一つの現われである。

不器用であれば友人との遊戯でも上達しない。そこで友達と遊ぶよりも、一人で本を読むのを好む。その結果、文学部にでも行くか、ということになる。しかしそうは言っても、運動神経にめぐまれた者は、自然にスポーツをするようになるように、器用に生まれついた者は、小さい時から、紙を折ったり、ありあわせの物で玩具を作ることに関心を持つのではないだろうか。

とにかく、久男は、そんなことを、つまり人間には先天性というものがあって、教育ではどうにもならない面があって、学校や個人の間の格差をなくそうとしても、それは無駄であり、不必要なことではないかと新聞に書いたら、教育学者から早速、反論があって、その文章も新聞にのり、二人は家庭欄で対談することになったのだ。

上村というこの教育学の大学教授は、頭ごなしに、素人が何を言うという態度で、久男の言うことは間違っていると言った。

教え方によっては、「落ちこぼれ」のでない教科書と教授法が確立されつつあり、それによると、「できる者」はいよいよできるようになる。また、「できる者」と「できない者」が一緒に学び、助け合い、共に学習しあう時、今の受験地獄の結果生ずる風潮、たとえば子供たちが友人をライバル視する悪風はなくなる。大体、高校くらいまでは義務教育化するのが先進国の趨勢《すうせい》であると主張した。

専門家にそう言われると、久男は何にも言えない。もっとも、上村の言うような教科書と教授法ができて、落ちこぼれはなくなるが、「できる者」はいよいよできるようになるなら、やはり格差はなくならないのではないかと思った。また、「できる者」と「できない者」が一緒に学ぶことがよい結果を産むというのは、久男の体験からすれば誤りであった。

久男は若いころ、定時制の高校で英語を教えたことがある。いずれ評論や翻訳で世渡りをするつもりだったが、それまでの腰かけのつもりだった。事実、教員を四年ほどやっているうちに、売文業で何とかやれそうになったから、やめてしまったのだから、よい教師とは言えなかった。

大学の教師の口もあったが、時間講師で、小遣いくらいにしかならず、昼間の全日制というのは、職業として安定しすぎており、時間的にも精神的にも、それが自分の本職になるのを、久男は恐れた。

昭和二十年代から三十年代にかけての定時制高校の教員は、学卒の者だけの無料宿泊所を作ったら、こんな人間が集まりはしないか、といった感じがあった。久男のような腰かけ教員もいた。当時の同僚の中には、やがて自動車会社に入り、南米にできた自動車販売会社の社長になった者もいる。立派な学歴で理科を教えていたのは、元の軍の現役の技術士官であった。植民地では相当の成功をしていたようだが、すべてを失って引き揚げてから、夫婦の生活のために国語を教えている老人もいた。彼はしばしば同人雑誌をやっていた若かったころの話をした。早稲田の下宿にくすぶっていた時に、降ってわいたように、満洲の学校で日本語を教えないかという話が持ちこまれる。そして……。

昼間はある出版社に勤めて、夜は定時制高校生を革命の兵士にするために、アジ演説すれすれの授業をする若者もいた。久男は彼に感謝しなければならない。彼が学校当局に交渉してくれたおかげで、冬の夜のストーブは焚き放題になったし、七時ころにあった休憩時間には、教師に牛乳が一本ずつ配られるようになった。

教師がよせ集めなら、生徒もさまざまな背景を持っていた。二十歳をすぎて、高校卒の資格をとろうとする男女がいた。男はたとえば給仕として仕事につき、うかうかと十年ばかりたったが、給仕から用務員というコースは気がきかないと、事務職につくために学歴をつくっているのだった。二十二歳の女性は看護婦としてすでに勤務していたが、正規の資格をとるために、高校を出ようとしていた。

そうかと思うと、中学を出たものの、昼間の高校に入れなくて、定時制にやってきた十五歳の子も何人かいた。その定時制高校には制服がなかったから、年長組が男なら背広、女ならスーツやワンピースで登校するのに、彼ら現役グループはどこかの全日制高校の制服を着ていた。持物、鞄その他、全日制高校生そっくりだった。いや、どの全日制の高校生より、高校生らしかった。鞄の中には電車で読むための、高級な文学の文庫本があったが、それは人に見せるためのものだから、何ヶ月もたって、表紙がボロボロになっても、読み上げられることはなかった。

年齢や経歴がバラバラであるばかりでなく、学力も不揃いだった。字引を頼りに、ハーンの『怪談』や、ラムの『シェクスピア物語』を読む力を持っていたのは、事務職になろうとする給仕と、工員をしながら通ってきた男で、共に年長組だった。給仕の方はある役所で働きながら独学をし、職場の大学出に教えられていたから、相当な学力を持っていて、クラスのトップだった。工員は努力型で、給仕に教えられているらしく、教室ではいつも二人は並んでいて急速に学力をつけた。看護婦グループは本当の学力はなかったが、何でもかでも暗記してしまうので、教科書にあった文章をテストで訳させると満点をとった。そのくせ、ずっと簡単な応用問題になると手も足も出なかった。

しかし彼女らは意欲的だったから、教えれば教えただけのことはあった、わけても一人の看護婦は、久男が胃痙攣《けいれん》をおこした時、近くの自分の職場にクラスメートを指揮して連れてゆき、宿直医から適切な手当てをうけられるようにした娘だったが、久男を好きになったのではないか、という気がする。その時から、猛然と英語を勉強しはじめて、卒業のころには、トップの給仕と肩を並べるようになった。どうにもならなかったのはむしろ現役組に多かった。顔立ちのととのった少女がいて、久男は彼女のいるクラスに出るのが楽しみなくらいだった。多分、彼女は知能が低かったのだろう。休み時間には、仲間と年相応のおしゃべりをしていたが、授業中には一言もしゃべらなかった。久男が何度も同じことを繰りかえして説明し、HeをSheに言いかえればすむようにして質問しても、白日の下の昼顔のように、全く空虚な顔をして、久男を見つめるだけだった。久男が着席をしてもよいと言うと、その時だけ、輝くような微笑をうかべる。

久男としてはそんな美少女が、彼とのかかわりにおいて放免される時が最もうれしそうだという事実に気を悪くした。そして何とか「私は少女です。あなたは先生です。あなたは私に何を教えますか」といった英文を書けるようにしようと、一年ばかり苦労したが無駄だった。

何故一年以上努力しなかったかというと、二年目に彼女が妊娠して学校をやめたからだ。肌が青黒くなって、紺の制服のウエストがはち切れそうになった。

彼女をそういう体にした犯人と、皆から信じられている少年も現役組だった。彼は学生服の内懐に斜めの細長いポケットを作って、そこにナイフをいれていた。彼もアルファベットがやっとという学力だった。そのくせ鞄にはちゃんとローマ字で自分の名前を書いていた。

「そんなこともわからないのか」

とある時、たまりかねて言ったことがあった。彼は開きなおって、

「うるせえな、できなくて悪いかよ」

とすごんだ。秀才給仕が彼をたしなめようとすると、学生服の内側に手をさしいれながら、

「てめえ、かっこつけやがって、おれにアヤつけようってのか」

と言った。秀才給仕は困った顔で久男の方を見たから、久男は二人の間、というより非行少年の視線をさえぎる場所に立たざるをえなかった。

「アヤをつけるとはどういう意味だ」

久男はさし当りそんなことしか言えなかった。

「アヤつけるってなあ、アヤつけることよ。知らねえのか」

「知らねえで悪いか」

少年の表情がちょっとゆるんだ。自分が投げた言葉を投げ返されてみて、久男を相手にいきりたつのがバカらしくなったのだろう。いや、咄嗟に算盤をはじいて、ここでクラス委員と教師を相手に刃物をふりまわすことの損得を計算したのかもしれない。

「英語なんかやる前によ、おれたちのフチョウくらい勉強しとけ」

クラスの中でクスクス笑う者がでてきた。久男はそれにのって、笑いながら言った。

「なんだお前、教師のおれにアヤつけようってのか」

「なんでえ、意味をちゃんと知ってんじゃねえか」

非行少年は具合悪そうに着席した。

「知ってたんじゃない。今わかったんだ。だからお前もおれが教えることをたった今わかれ」

「………」

少年は無言だった。

「無理だよなあ、そりゃ」

と誰かが言ったが、彼はもう、「てめえ、アヤつけようってのか」とすごむことはしなかった。

そんなことがあったからといって、少年は勉強する気配は見せなかったし、依然として日本文を英文に訳せという試験問題には、それをローマ字に書きかえることしかしなかった。しかし、久男はこの時から、彼にある種の受けいれられ方をされた、という自信がある。

ふとしたことから、少年の家業が書店であることを知った久男が、

「じゃ、君んとこで本を買うかな」

と言うと、少年は怒ったように、

「よせよ、下らねえ」

と言った。しかし二三秒後に、

「ウチはよ、本屋といってもよ、参考書とかさ、雑誌や、ノートなんかも売ってる店だからよ……」

久男の欲しがるような本はないのだ、と小さな声でつけ加えた。

「それでもいいよ、おふくろさんに頼んで、取りよせてもらって、君が学校に持ってきてくれたらいい」

「よしなって。おふくろと先生にグルになられちゃ、おれがたまんねえもん」

少年は久男に一目おいて、苦手な人間と思っているらしかった。

少年はローマ字を読み書きできるという英語の学力で——入学時から全く進歩を見ないまま——卒業していった。

久男は自分が教員として適切な訓練を受けたとは思えないし、従って教育技術は拙劣だっただろうという自信はある。また売文で生活できるまでの腰かけというのでは、教育者としての精神もなっていないと言われれば、納得できる。しかし、久男は彼なりに努力した。

教える内容を上げてみたり、中学一年の一学期のレベルにまで下げてみたり、ついにはできる子にはハーンのエッセイを、一番できない子には英語の語順とBe動詞の変化を、その他の子には、あるいは助動詞、あるいは不規則動詞、ある子には関係代名詞。つまり、二十名ばかりのクラスを八つくらいのグループに分けて、別々のことを教えるようなこともやってみた。

しかしすべては徒労だったという気がする。できる子、意欲のある者は自分で勉強していった。英語の学力ゼロというグループは、久男が初歩の初歩から教えても、決して覚えなかったし、勉強しようともしなかった。

秀才給仕はその後、夜警をしながら昼間の大学を卒業し、地方政治家の事務所に入り、保守系の市会議員になった。久男がそのことを知ったのは、彼が贈収賄事件に関係して逮捕されて、新聞に名前と写真が出たからであった。

新聞によると、彼は久男と八歳しか年が違わない。あのころは真面目な好青年だったが、と思うにつけても、教育というのは、果して、生徒の知識・技術・人格に積極的な影響をあたえることができるものだろうか、という気がするのだった。

二

砂川市長の村野から、久男と教育学者の対談を見て腹をたてた、という電話があって、一週間ほどすると、村野から手紙が来て四谷の駅に近い、和楽路と書いて、ワラジと読むすき焼屋に来いと言ってきた。地図も同封されていた。

すき焼屋は、新宿から来る大通りと平行の細い道に面していた。小さな店だったが、二階に小部屋がいくつかあって、女中に案内されてその一室に行くと、村野のほかに、味噌・醬油の製造業をやっているはずの土方、それから、久男をも含めた三人より、二年上の榎本がいた。久男の知っているころは土方も榎本も、醬油屋と神社の息子だったが、今ではそれぞれに家業を継いで、一人前になっているのだろう。昔は陽気な少年たちだったのに、俗世に失なう恐れのある物を持つ人間独特の落ちつきと、横柄さを身につけていた。

「どうして、ここに集まることになったの？」

と久男が聞くと、村野が、

「うん、ここはウチとは二百年からの知りあいでね……」

と言った。

「へエ、二百年」

地方出身の先祖を持ち、父の代から東京生まれの久男にとって、二百年前というのは、社会の歴史としてはともかく、個人の家の過去としては、無限大に近い、遠い昔だった。

「ここはな、二百年前、本当にわらじ屋だったのよ」

村野と土方と榎本が久男に説明してくれた所によると、村野の先祖は寛永のころ、人の住み手のなかった武蔵野を開いた豪族の直系の子孫だという。当時、今の東京都下の武蔵野は尾張徳川家の鷹場だった。そして、ここを開いた村野は他の三軒の名主と共に広い鷹場の管理責任者になった。密猟を防ぐことは勿論、水車小屋一つ建てるのにも、村野家をはじめとする四人の名主の承認が必要だった。

それで村野の先祖は年に何度か、市ヶ谷の今は自衛隊の基地になっている尾張家の屋敷に出頭した。早朝、夜明け前には砂川を出て、途中で弁当をすませて、内藤新宿をすぎるころは夕方になる、四谷見附の木戸に行きつけば日が暮れるから、村野の先祖は、木戸の近くでワラジを売っている茶店に泊めてもらうようになった。ワラジ屋は時代が移ると共に、茶店から団子屋、後にはすき焼屋になったが、決して旅館にはならなかった。それでも村野の先祖は、代々尾張家に用のある時はワラジ屋に泊り、翌朝数百メートルほど離れた尾張家の屋敷に出頭したのであった。

「そのころはな、この裏通りが、甲州からずっと続いている街道で、元、都電の通っていた大通りは、明治になって作った新道かもしれないな」

と村野が言った。土方も、

「うん、おれの曾祖父が言っていたが、御維新のころの新宿なんて、何もないただの街道筋だった」

と言い、別な者が、いや、そのころ、遊廓があったはずだが、曾孫にはそんなことを言いにくいから言わなかった、いや、大木戸という所には本当に木戸があった。といった話が続いた。とにかく久男にとってはっきりしたことは、村野・土方・榎本の三人は何百年も昔から、武蔵野に住みついて、百年昔のことを、まるで久男が戦前を語るようにして、思いおこすことができるということだった。

「おれなんかは、もうデパートが二つも三つもある新宿しか知らないけれどなあ」

と歴史談義を打ち切らせようとして久男が言うと、村野はたしなめるように、きっぱりと、

「お前たちは、御維新後、都になった東京にやってきた東京白人よ。おれたちは原住民武蔵野インディアンよ」

久男の心に一つの風景が刻みこまれている。敗戦当時、彼は吉祥寺に住んでいたのだが、新宿から富士山まで、すすきの原になっている風景である。

新宿を出た中央線の電車は大久保のあたりまで北上して、それから西に、東中野から中野へという真西の方角に向きをかえる。丁度そのあたり鉄道は高架になっていて、遠くまで見渡せた。今もあのあたりの鉄道線路は同じだが、まわりのビルが高くなっているので、遠くが見えることはない。しかし戦前の建物は大体が二階建ての木造で、それが空襲できれいに焼き払われると、大久保駅あたりからは西は関東山脈まで、平らな大地が続いているのだった。

敗戦の次の年になると、焼跡にすすきがはえて、秋には白い穂を風にそよがせた。夕方電車から、シルエットになった富士山や、遠い山脈にまで続いていそうなすすきの穂を見ていると、

久男はよく、太古の武蔵野というのはこんなだったのだろうかと思った。そういう時の久男は電車の連結部に乗っていたのである。車内はこんでいたし、窓はガラスがなくて、板を打ちつけてあったから、そんな雄大な風景は見られないのである。

「昔の武蔵野というのは……」

と久男が当時の話をすると、それまで黙って酒を飲んでいた榎本が、

「それは違うぞ」

と言いだした。村野と土方も、また始まった、という感じで、鍋の中に関心を集中する態度を示した。そして、

「おい、太田、その辺もうにえてるぞ」

と榎本の注意をそらすようなことを言う。しかし、榎本は目を閉じて、やや顔を上向き加減にした。今にも詩吟でもはじめそうな姿勢だった。

「富士山がオオヤマトの国の鎮めというのはもっともなことよ。富士の大噴火がなければ大和朝廷の日本征服はない」

榎本が目を閉じているのを幸いに、土方が久男に目くばせをして、しきりに唾液を眉につけるしぐさをする。榎本のホラ話は聞きあきているという感じだった。しかし榎本が四人の中で最上級生だから、仕方がないのである。

「富士山の噴火する前の関東は肥沃な土地であった。農業などしなくとも、自然の食糧豊かに、

森にはクリが実り、リスがすみ、野にはウサギ、シカ、イノシシの獲物が自由に生き、海には海の幸が、うん、大森の貝塚ができるくらいに豊かであった」

榎本の描写する古代の武蔵野はまるでエデンの園のようである。リスとウサギがクリの実を分けあい、人間とイノシシとシカが陽気にフォークダンスをしているかと思うと、焚火をかこんでのバーベキュー大会では、人間は一緒にダンスをしていた仲間を殺し、子どもはリスからクリをとりあげて食っている。

「その武蔵野で王者となったのが我が祖先だ」

と榎本が言った。久男はアッと思い出した。ずっと昔、久男が中学一年、榎本が中学三年だった時、ポート・ワインに酔った榎本が赤い目を光らせながら久男たち下級生に言ったことがあった。

「お前ら、どいつもこいつも天皇の私生児の子孫だろうが。オレは違うぞ。オレはだな、世が世ならば、天皇と五分だ」

それは蹴球部の送別会の時だった。誰かが榎本にそんなに飲むなと忠告したのに対して、

「教師が何だ。教練の小林大尉が何だ。フン天皇陛下の股肱《ここう》だと？　天皇の手先ということじゃないか……」

そして、久男たちをふりかえって、天皇の私生児の子孫、と言ったのだ。

今なら追い出しコンパなどと言うのだが、当時は送別会である。十二月の末、二学期の試験が終った日に、蹴球部員一同が部室と呼んでいる木造の倉庫風の部屋に集まる。そこはいつも、

発酵した汗のにおいがただよっていた。ジャージイは、年に何度か一年生が洗うことになっていたが、すぐ汚れて、頭からかぶって着る時に息をつめなければならなかった。脱ぐ時はそれほどでもない。自分の汗がしみこんでいるし、何よりも鼻がバカになっている。

送別会といっても、最上級生である五年生の半分は浪人を覚悟しなければならないから意気が上らない。また、一高をはじめとする旧制高校や、陸軍士官学校、海軍兵学校など、秀才が集まるとされていた学校は、どこも四年生から受けられた。だから、自信のある四年生は心ひそかに、これは自分にとっての送別会になるかもしれないと思っている。

一方、五年生は、できのよさそうな四年生を見て、こいつは入試にパスしそうだが、おれが浪人すると、来年入れても、今とは逆にこいつが上級生になる、などと考える。そんなこともあって、送別会は例年、なかなか盛り上らなかったようだ。ようだ、というのは久男は一年だけで蹴球部をやめたからである。

部室は寒く、元々暖房の設備がなかったから、寄宿舎の食堂から借りてきたコンロに炭火をおこして、トリ鍋をしても、一向に温まらなかった。一人がロッカーから瓶をとり出した。それがポート・ワインであった。

コップにほんの少しずつ注ぎわけて、五年生の前途の多幸であることを祈って乾杯したが、音頭をとった四年生が秀才で、五年をとびこえて、一高に入ることは確実とされていたから、送り出される五年生はしょんぼりしていた。

送別会に活気が溢れても困るのだった。いつだったか、庭球部で一升瓶を持ちこんで、五年生のために乾杯をした後に、四年生だって入試を受けるのだからと乾杯、ついでに三年生の分。いっそ二年生も一年生も、とやっているうちに、元々、酒を飲みなれない少年たちだったから、酔うよりも、吐いたり、眠りこんでしまう者が続出して、それが学校側に知れて、何人かが退校になり、庭球部は一年間活動停止になったことがあった。

その年の蹴球部のように、ほんのお印しだけの乾杯なら、学校も大目に見てくれる。しかしお印しだけだったので、瓶に大分とブドー酒が残った。四年、五年は調子にのって飲むような気になれないし、一二年生はまだ子供である。そこで三年生というよりも、榎本一人で残りを飲んだもので、彼はたちまち真赤になってしまった。キャプテンが、

「おい、榎本を部屋から出すと危いぞ。教師に見つかっても、街の人に見つかっても、困ったことになる。一二年生、誰でもいいから、榎本の酔いがさめるまでつきあってやれ」

と言った。そう言われて榎本が意地になって、瓶に手を出そうとしたから、四年生の一人がさえぎった。

「榎本、やめろ。教師に見つかるとうるさいぞ」

すると、榎本は坐った目付きになって、下級生をにらみながら、教師や天皇の股肱だと言っている軍人を嘲った上で、下級生の家系が天皇家の私生児の子孫だと有難がっていると笑い、

「オレはだな、世が世ならば、天皇と五分だ」

と言ったのだった。

その時は、キャプテンが、

「榎本、いいかげんにしろ」

と叱りつけ、ベンチに横にならせた。やがて榎本はいびきをかいて眠りこんでしまった。

富士山のできる前の武蔵野はエデンの園であったと言う榎本に向って、久男は送別会の思い出を話した。村野も土方もいやがっていることだし、榎本の話の腰を折ろうとしたのだ。ところが、村野は顔をしかめてイカン、イカンという風に手を小刻みに動かし、土方は頭をかかえた。榎本は目を見開いて、杯を久男につき出した。

「太田、一杯行こう」

部厚い唇をだらしなく開いて笑う表情は、あの日の送別会から半世紀近くたっているにもかかわらず、あまり変っていない。ただ当時は三分刈りの頭は真黒だったのに、同じ三分刈りといっても今の榎本の髪は半分以上白くなっている。

「わが先祖は大和や北九州の先進地域にならって、朝鮮半島からの移民を受けいれ、進んだ農業、手工業を開発したから、ために大いに威をふるい、大和朝廷はどうしてもこの関東平野に入れなかった。そこに富士山の噴火がおこった。ドカーン」

榎本は口で音をたてると同時に、両手でテーブルを打った。

「農地も自然のめぐみの豊かな森も広野も火山灰に埋めつくされ、我が国の生産力は衰微の極に達した。朝鮮系移民は山よりの土地で彼らの社会を作り、半ば独立国の体をなした。我が領民は僅かに火山灰の間を割って噴き出す泉のまわりに農地を開き、細々とくらしていた。それを見こして、大和の軍が攻めこんできた。頼みにした朝鮮人は助けてくれない。時、利あらず、わが祖先は大和に降伏した」

驚いたことに、榎本の閉じた目から涙がにじみ出した。土方が、久男の耳に口をよせてささやく。

「嘘なんだ、全然ウソ。史料なんか何もないし、考古学的にも古代王朝の痕跡など出てこないんだ。あいつは系図を見て、先祖が皇室と関係がないことに気付いてから、ひがんでね、ああいうフィクションを作ったんだ、そうにきまっている」

それは、久男にささやくと言うよりも、榎本に聞かせて夢物語をやめさせようとしたのだろうが、榎本は一向に動じない。

「以来、我が祖先は君主の地位を失い、わずかに先祖を祭ることを許され、神職となった。しかし、大和は、祭儀を昼間行なうことすら許さなかった。夜ならば、祭は盛んになるまいと思ったのだろう。ところが、夜の祭は、彼らの予想外のにぎわいだった。卑劣な大和のCIAは、祭に集る女子を闇にまぎれておかした。以来、我が神社の宵祭には、境内で女を手ごめにしても罪に問われないとする迷信がはびこった」

確かにそういう噂はあった。榎本の父が神官を勤めている神社の宵祭は昔から有名だが、それはまた乱交パーティの場でもあったと、久男は友人から聞かされた。

「今だってな、祭の時には、何したって、あまりとがめられないんだ」

当時、性に目覚めかけていた久男は、真剣にその宵祭に行ってみようか、と悩んだものであった。久男はもう一度、榎本にゆさぶりをかける必要を認めた。

「今でも何ですか、お宅のお祭の時は、境内で女の子に何してもいい……」

「バカ言っちゃいかん。それは大和朝廷が、我が先祖の祭を汚すために流したデマだと言ったじゃないか」

「そうですか。ぼくはまた、中学時代、もしそんなことが許されるなら、ぼくも祭に行ってみようかと思ったくらいだから。ぼくは土方に婚約者がいるのがうらやましかった。要するに女に飢えていたけど恐ろしかったので、合法的に女に近よれるチャンスがほしかったし、祭に行けたり婚約者がいるヤツラがうらやましかったなあ」

「そんな、うらやましいなんて、女房が聞いたら、笑いだすわ」

と土方が言う。土方に婚約者がいることを久男に教えてくれたのは村野だった。親たちが共に土地の有力者同士だったから、聞き知っていたのだろう。

久男は土方にその娘を見せろと強要した。

「バカ言え。そんなの、当てになるもんか。おやじとおやじの口約束だから」

それは四年の三学期で、四年生は銃をかついで行軍に出て、一日授業はなかった。久男たち、流感の予後などの不参加者は全員が一教室に集って自習していた。自習といっても監督の教師がいなかったから、仲間が学校に戻ってくるまで遊んでいたのだ。

股火鉢という言葉があるが、久男たちは股スチームをしていた。窓枠に腰をかけると、ガラス戸を通す日光が背中に温かく、机を窓際に引きよせて、そこに足をおくと、窓枠のすぐ下にあるスチームの放熱器からのぬくもりが、大腿部を伝わってくる。

婚約者の話はそういう自堕落な状態にはふさわしいテーマだった。

「日野の羽生の娘だろ?」

と村野がはにかみながら逃げようとする土方に止めをさした。

そして、何ということなく、その日、土方の婚約者を見に行くことになってしまった。

「しかしなあ、全然、本当じゃないんだぞ。そりゃ、顔くらい見たことはあるけれど……」

土方がそう断ったのは、ガッカリしても知らんぞ、ということだったのだろう。

久男には自分をまともに相手にしてくれる女性などいなかったし、近い将来にそんな人が現われるとも思わなかったから、とにかくも、一人の女を確保できる友人がいることが驚異だった。

「日野の羽生の娘」は、土方の家に遊びにくれば、彼の部屋で二人きりになるのだろう。周囲はそれを大目に見るはずだ。土方は彼女の手を握れる。キスしても拒まれまい。すくなくとも娘の方には、そういうはしたないことを許す口実はある。

久男は土方の家を知っていた。彼の家に古い少年小説があるというので借りに行ったのだ。

土方の兄は中学生のころ、急性腎炎でなくなっていた。彼の残した蔵書の中に、久男が読みたがっている本があったのだ。

駅を下りて、まっすぐ行くと、すぐわかると曖昧な教え方を土方はした。久男は行ってみて、それは土方が照れたためであるとさとった。

教えられた道を歩いてゆくと、すぐに左手に黒く塗った板塀が続き、その奥に植えてある欅《けやき》が、道端の並木であるかのように道に影をおとしていた。道と塀の間に流れがあって、欅の屋敷は濠を構えた武家の館のように見えた。

流れに石の橋のかかっている所があって、そこが門だった。門柱には不愛想に、「土方」とあった。耳門から入ると、幅十間ほどの御影石《みかげいし》を敷いた道で、左右に倉が並び醬油醸造に使うらしい大樽がいくつも干してあった。百メートルばかり行った突き当りに、巨獣がうずくまって口を開けていると思わせる設計の、母家とその玄関があった。

久男が土方の友人だというと、家の使用人というには品のよすぎる中年の婦人が、久男を玄関に上げずに、脇の植込の間の小路に案内した。

家が大きく複雑なので、その方が近かったのだろう。やがて二方が庭に面している十畳の部屋先に出た。縁がおそろしく高いので、大岡裁判の白州と同じく、四五段の階段が沓脱ぎとの間に設けられてあった。

「尚志さん」

と中年の女は土方の名を呼んで、

「お友達」

と言うなり、頭を下げて、元の小路を引きかえしていった。

「や、上れよ」

「うん」

夏休み中のことだが、部屋には欅の巨木を輪切りにした火鉢が置いてあった。

久男は、近くの青梅や御嶽山を舞台にした時代小説の話をした。すると土方は、

「あんな神社の境内じゃぁ、奉納仕合なんかできないよ。大菩薩峠は確かに見えるけれどね。今ごろ、夏の朝早くなんか雲海の向うに大菩薩峠が見えると、とてもいいけどね。境内はもう、杉の根がうちのじいさんの手の甲の血管みたいに出てるから、あれにつまずいてころばなけりゃ運がいいんだな。それにヤッと打ちこんでも、足場が悪くて転んでしまう」

昼になると、二の膳付きの膳が出た。二つ目の膳には銚子と盃がついていたが、銚子は空で、一見、肴のように盛りつけた甘納豆だけが食べられた。

土方に婚約者がいると聞いた時、それは冬のことなのに、彼の部屋を見たのが夏だったせいか、麻の葉を染めた浴衣に赤い兵児帯をしめた色の浅黒い美少女が、膳を前に坐っている姿を久男は想像した。彼女は堅くなって坐っているのに、土方は彼女を抱きすくめて、ねじ倒し、唇を奪い、さらに襟元から……。

「行こう、その羽生嬢を見に行こう」

久男たちは、彼女の家に近い駅の改札口を見渡せる待合室で待っていた。

二三台目の電車が来て走り去ったと思うと、村野が、中学の帽子を深くかぶりなおして、

「来た、来た」

とささやいた。と見る間に土方は立ち上って、売店の方に行ってしまった。

女学生が何人か改札口を通りぬけたが、久男にはどれがその娘かわからなかった。村野が、

「エヘン、エヘン」

と咳払いすると、女学生というより、まだ女の子と呼びたいような娘が、村野に気付いて、アッという顔になり、次に売店の前で背を向けていた土方に気付くと、急に堅い表情になって、早足に駅を出ていった。

「見たか」

と村野がたずねた。久男は力強く答えた。

「うん」

「おれは見んかった」

と土方が言った。

「でも、お前に気がついて、急におっかない顔になったから、充分意識してる。お前がそっぽむいてるから、おっかない顔になったのさ。もっとやさしくしてやれよ」

と村野が忠告した。土方はそれに答えずに、久男にたずねた。

「美人になると思うか」

「そうだなあ。先のことはわからんが、すくなくとも今の所はスズメの雛みたいだったなあ」

「うん、それでなあ、おれもピンとこんのだ。もうちょっとミがいってりゃ、その気になるかもしれんのだがなあ」

と土方が悲しげに言った。

それから四十年もの歳月がたつ。あの時、スズメの雛みたいな、ミの入らない女の子だった彼女も、五十をすぎて、初老の女になっているはずである。

「で、結局、あの人と結婚したんだろう、土方は」

「そりゃそうさ、イイナズケだもの」

と村野が鍋に生卵を割りいれて、半熟を作りながら言う。それを肉や野菜と一緒に飯に盛りあげて食いはじめた。市長というより書生くさい食欲であった。

「違うぞ、それは」

と土方が坐りなおした。

「おれの家の畠は戦時中、工場の敷地になったが、売らなかった。貸しただけよ。だから、戦後、その兵器工場が解散すると、土地は戻ってきたし、農地じゃないから取り上げられなかった。彼女の家は、もろに農地解放の対象になって貧乏した。あそこの飛行基地に進駐していたオコナーとかいう伍長につけねらわれてね、可哀そうだから、婚約者だということを思い出させて、結婚を承知させた」

「可哀そう?」

　と久男が首をかしげると、榎本は大きくうなずいた。

「うん。武蔵野インディアンは、東京白人とだって結婚しない。ましてや、宇宙人に娘をやるほど落ちぶれちゃいない」

「だけど、君たちインディアンが、どうして東京白人のおれを呼んで、すき焼を食わしてくれるんだ」

「うん、つまりね、われわれの声を代弁してほしいのさ」

　と榎本が言い、村野が、

「おい、日清戦争の前の年まで、今の東京都下は神奈川県だったのを知っているか。都内に対して都外というならわかる。都の外だから、なら、多摩県でもいい、神奈川県でもいい。しかし都下という言い方、いかにも東京白人の発想だ。植民地扱いじゃないか、まるで……」

　すると、土方まで、

「我々の中学は、神奈川県立になったかもしれないんだし、有志が共同で運営する私立であってもよかったのだ」

　と言いだした。

久男はそんなことは初耳だった。彼がその府立——都になる前は東京府と言っていたから、府立である——中学校に入ったのは、家から比較的近くて、公立だから施設も教師もそろっているだろう、といった程度の認識からだった。しかし、「世が世なら、天皇と五分」だという榎本を中心とする三人の話によると、その府立の中学は、武蔵野を東京の一部にするための政府の陰謀だという。

三

俗に三多摩と呼ばれる東京都下の土地——大雑把に言えば、中央線の西荻窪と吉祥寺の中間点より西の地区——は神奈川県であった。西の端の五日市のあたりでは、伊豆半島の韮山《にらやま》の代官所の支配地であったために、北伊豆、丹沢山附近と共に韮山県の一部であった時代もある。

「昔はなあ、江戸なんてのもなかったのよ。中心は鎌倉で交通網は鎌倉街道よ。鎌倉からの道が、厚木や、武蔵の府中、八王子、秩父、足利なんかをつないでいたのさ。これが昔のシルク・ロード。だから明治になって、横浜とをつなぐルートは新シルク・ロードさ。みんな絹と関係のある町さ。今でもナイロンで女の靴下を作ってる町もあるけど、とにかく、道は山ぞいについてたのさ。江戸はなあ、新開地でね、それもよそ者の作った城下町よ。村野なんてのは、尾張のお鷹場の管理人というんで、捨扶持をもらってたもんで、徳川さまさまだけどさ」

と榎本が侮蔑的に言うと、砂川市長の村野は具合悪そうに、頭をかいた。

「うん、そういう所あるなあ。おれが歴史の教科書で、十五代将軍、徳川慶喜は、なんて読むと、『公』の字を補って読めと叱られたもんなあ」

「だからな、明治の三多摩の自由民権なんてのは、つまりは名目でな、要するに東京ぎらいということでな、大体が、あの時、藩閥政府にたてついた自由党員というのは、新撰組の生き残りや、その息子だもん」

と土方が言った。

「そう言えば、新撰組に土方歳三という副隊長がいたな。あれは、お前の一族か」

と久男がたずねると、

「ああ、そうだよ。知らんかったか。村野の曾祖父だって新撰組よ。流山で負けてから、銚子に逃げてほとぼりをさまして、いつの間にか、舞い戻って、第一代の村長になったんだもの。ま、代々、名主だった家の長男が名主か村長になり、その曾孫が市長になる、というのは、言ってみれば、時代の変遷だなあ。おれの家も、味噌や醤油つくるのをやめて、軍需工場に貸していた土地に家やアパート作って、不動産業になったけど……」

と、さも当然といった口調で言った。

「なんだか、おざなりの近代化をしている途上国の話みたいだ」

と久男が言った。彼はルポルタージュを書くために、フィリピンの少数民族の村に行ったことがある。そこでは、村長、駐在の警官といった人々が久男らを出むかえてくれて、稲を作り、カラマンシというレモンの一種を栽培している農村であることを説明した。この村の敷地全体がカラマンシの林の中にあった。この樹は地上二メートルほどの高さまでは葉をつけないし、家々は高床式で、樹の下は芝草がはえているだけだから、村全体が公園の中にあるのと同じだった。そして家はカラマンシの茂みの中に作られているように見える。

村長はジーパンに赤シャツという青年で、先年、先代村長である父親が引退したので後をついだと言った。警官はカーキ色の制服を着て、腰に拳銃をつけた中年男で、この村は犯罪発生率も低く性的なトラブルもおこらない平和な社会だと力説した。

村にはドイツ人神父が建てた教会があったが、今は定住する神父はいないという。神父がいないと、カトリック教徒としては、大切な行事ができなくて不便ではないかと久男がたずねると、警官が教会運営委員長をそばの子供に呼ばせにやった。

委員長は小柄な老人で、ニコニコと久男に手をさしのべ、久男もカトリック信者だと言うと、

「では、私たちの教会で祈って下さい」

と久男をよく掃除のゆき届いた白木の教会に案内してくれた。入口で彼が靴をぬぐので、久男も素足になった。滑らかで冷たい木の床が足の裏に心地よい。

老人は朗々とラテン語で主禱文を唱えた。礼拝を終えて教会の外で靴をはきながら老人は、

「日曜の午後、近くの町から神父がバイクでミサをあげに来てくれるから、さし当りは心配な

いが、急病人や怪我人が、最後の告白や終油の秘蹟をうけることなく死んでしまうことがあって、そういう時は、神父がいないことは不便だと思う」

と語った。

夕方、久男たちは村長の家で御馳走になった。食事が終るころ、前の庭で焚火が焚かれ、ドラが鳴り、人が動き廻っているのが、開け放った、というよりも扉のない室内から見下せた。

やがて村長が、

「日本のお客さんの歓迎ダンス・パーティがはじまりますから」

と言って、久男を焚火の燃える前庭に案内した。焚火をかこんで数本の丸太が並べられ、四五十坪ほどの空間を作っている。久男と同行の編集者が村長を中にして一本の丸太の中央に坐ると、正面から警官がすすみ出た。カーキ色の制服は昼間と同じだが拳銃はない。長い杖を持っている。そして焚火の焔ごしに、村長にむかって、土地の言葉で長い演説をした。それともこれは焚火に祈ったのであろうか。

それが終ると、若者の鳴らすドラと共に教会運営委員長が現われた。ズボンもシャツもなく、赤・黒・黄の色で織った褌を、相撲のまわしのようにしめている。

彼が焚火の廻りをめぐりながら、火に向い、まわりの人々に向って祈る。一まわりして焚火に正対すると、先程、彼の妻として紹介された老婆が出てきた。夫と同じ材料で織った腰巻をしている。上半身は裸で、しなびた乳房が焚火の焔で、ひどく皺だらけに浮かび上る。

そして、この夫婦は伝統的な衣服で踊りはじめた。彼らの踊りがすむと、男と女のカップルが焚火のまわりから次々に現われて踊る。男はほとんどが民族衣装でなく、ジーパンとシャツだったが、娘たちは老婆のような腰巻をつけている。残念なことに、老婆と違って、上半身は裸でなく、昼間と同じ、白木綿のブラウスを着ていた。

どうやらそれは、男と女のカップルを作るダンスであったようだ。形は男がマフラーほどの布を振廻して踊りながら、これぞという女を見つけて、ダンスに誘いこむ、男は女に布をわたそうとする。女はそれを拒む。黙殺したり、恥じらったり。男はおどすように女の前でとびはね、哀願するように布をさし出す。最後に布を女が受けとると、踊りは終る。すると、次に踊りたいという男が、布を受けとって、焚火の前にすすみ出る。

踊らなかったのは警官だけであった。村長も村長夫人と踊った。最後に、女を踊りに誘ってことわられた青年たちが焚火の前に輪をかいた。久男も編集者もその中に入れられた。女にあぶれた男たちはドラをたたきながら、いつまでも未練たらたらという風情で踊るのである。

その夜、村長の家に泊った久男は翌朝、村長と警官と、教会運営委員長に送られて、村の境まで歩いた。そこで別れた三人の姿が木々の間に消えてゆくのを見た時、久男は突然、悟ったのである。この三人は、現在の近代的なフィリピン国内の行政の末端におり、カトリック国フィリピンの一つの村で、教会に所属する信者の代表であるが、彼らの村はまた、最近までは首狩族の村であったので、この三人は同時に伝統的な首狩族社会でのリーダーなのだった。村長は勿論、酋長である。警官は、かつては若者のグループが豊作を祈って、稲の穂をつむようにして、他の村の人間の首を刈りとっていた時代の、首狩隊の隊長を勤めた若者頭に違いない。そして教会運営委員長は村の長老で、祈禱師をかねていたのだろう。

久男はそういうことをレポートの結論にしたのだが、古い伝統的な秩序が新しい秩序に姿をかえて残るのは、フィリピンだけではないのだった。

「驚いたな、これはどうも」

と久男がフィリピンの話をしてから、改めて三人の顔を眺めた。三人とも、しかるべき大学を出て、背広を着た教養ある現代日本人である。一人は選挙によって選ばれた市長。一人は株式会社の社長、もう一人は宗教法人である神社の神官である。しかし一皮はげば、彼らは徳川時代からの家業をついだのにすぎないだけでなく、どうやら、自分たちの家系が徳川氏の入府以前にさかのぼることを誇っているらしい。そう言えば、このすき焼屋も、村野の家とは二百年来の行き来がある。

「だから言ったろ、武蔵野インディアンだって。おれの祖父なんかだって、駅を通りぬけるのに、切符を出せと言った国鉄の駅員をステッキでなぐりすえたもんな」

と村野がすっかり酒の廻った赤い顔で言う。土方は最初は一番おとなしかったのに、新撰組の子孫だと言いだしたころから、過激な言い方をするようになっていた。榎本が解説してくれる。

「今の中央線は、昔、甲武鉄道といって、私鉄よ。明治二十二年かな、八王子と新宿間にできたんだ。土方とか村野の家なんかが金を出しあって作った。生糸と絹を東京に送り出すためさ。それを、日清戦争のためということで国鉄にとられたから、村野の祖父は怒ってな、甲武鉄道時代の駅の看板を外して、自分の家の倉にしまいこんだ。駅だって改札御免さ。北口から南口に行くのだって、遠廻りして踏切なんか使わずに、駅を突っきって歩いたものさ。昭和になって、そんなことを知らない若い駅員が、『じいさん、切符』とやったから、頭にきたんだな、村野のじいさん。やにわにステッキでなぐりかかった。当時、有名な話だよ」

「有名かもしらんが、野蛮じゃないか。なぐられた駅員こそ、いい迷惑だ。単に職務を遂行しただけじゃないか」

「そりゃ、お前、東京白人の言うことさ」

榎本があっさり片付けた。

とにかく、東京の政府は甲武鉄道をとりあげた。三多摩を神奈川県から東京府に移管した。すべて、住民の猛反対にもかかわらず、政府が決め、帝国議会が賛成した。

「しかしなあ、地形的には自然だろう。今の都内だけの東京府なんて方がおかしいよ、真中に中央線も走っているんだし、その沿線が東京というのが自然だ」

と久男が言ったが、土方は首を振った。

「お前、東中野あたりから、立川まで、線路が真直ぐなのを知っているか。北海道あたりに、あれより、ちょっと長いか短いかという直線の鉄道があるそうだけど、どっちの場合も、土地が平らで人がいなかったから、線路がしけた。甲武鉄道の場合は、旧甲州街道ぞいに作るのが常識だろうが、いろいろ面倒な事情があって、いっそ、人のいない所を真直ぐ通そうということになった」

「江戸時代に作られた玉川上水と同じよ」

村野がすき焼の取り皿を三つ並べて、昔の測量法を説明した。数十キロにわたって、直線で一定の傾斜を持つ水路をどう作るか。掘削した水路の中央に油を入れた皿を等間隔に置き、夜間それに燈心をいれて火をつける。三つ以上の火をすかして見て、一つに見えれば、その水路は同一直線上にあることがわかる。

その工事記録が村野のような旧家には残っていて、甲武鉄道を甲州街道ぞいに作らず、無人の広野を横断するという発想の転換は水路掘削の経験がヒントになった。

「だからな、三多摩はどちらかというと、神奈川と縁があったのよ。多摩川ぞいの甲州街道はありゃ、徳川が、甲州との関係で作ったのよ。地元とは関係ない」

「そのかわり、東京は府立の中学を作ってくれたんだから、いいじゃないか」

久男は意地になって、東京白人の立場を主張した。

「いや、あの土地だって、何だって、我々有志が寄付したんだ」

と榎本が言い放った。

「それから、おれたちの女房を教育するためにと、女学校も東京府に寄付したんだ。それなのに、あの学校群だろう。入学者を二つか三つかの高校にふり分ける。それでおれの息子は我々の後輩になれなかった。戦後できた高校に割りあてられた。それでな、おれはそれまで教育長をしていたけれど、砂川市長に立候補した」

と村野が言う。

「メチャクチャだよ、お前。それで教育長かよ。公私混同もいいところだよ」

と久男が反論しても、村野は首をなおもふりながら、

「公私混同したのは明治政府だよ。私の鉄道をとりあげた。だからおれたちだって、先祖が寄付してできた公共施設を私に利用できる」

しばらく黙っていた榎本が、

「おい、太田、お前に肉を食わそうということになったのは、お前と議論するためじゃないんだ。お前と新聞で対談した教育学者はな、あいつのグループが学校群の制度を東京都に献策したし、今度はお前、我々が出た学校は、あの周辺のみしか受けられなくなった。この三人で言えば、おれの息子なら受けられるが、村野も土方も、年頃の息子がいても、あそこに入れられない。あの教育学者め、と思ってた所だったからな、お前の言い方が歯がゆかったし、一夕、なぐさめてやろう、ということなんだ」

そう言うなり、榎本は立ち上って部屋を出て行った。トイレかと思ったが、それきり部屋に戻ってこない。帰ったのだろう、と久男たち三人も立ち上った。

まだ宵の口といってもよい時刻で、とぎれがちとはいえ人の流れが近くの四谷駅に向かっている。久男もその流れに加わろうとすると、村野も土方も立ち止った。村野が、

「今夜は四谷駅からは乗りたくないな。甲武鉄道の終点の新宿まで、タクシーで行こう」

「いやにこだわるじゃないか」

と久男が言うと、

「だってそうだろう。国鉄中央線の始まりは飯田橋なんだぜ。新宿というのが常識だよ。しかし、国鉄はプライドにかけても、飯田橋から新宿まで自力で引いた中央線の延長という風に甲武鉄道を考えたいんだ。小が大を合併するのだから、つっぱった話だ」

と土方が吐きすてるように言い、その間に村野が空車のタクシーをとめて、土方と久男を客席におしこみ、自分は助手席に乗りこんで、

「新宿駅」

と行先を言った。久男の位置からは、村野の後頭部と肩が見える。村野は自分で車を運転しているかのように、正面に目を向けたまま言った。

「曾祖父は新撰組だから、保守反動。もっとも彼はうまく逃げたからくさい飯は食わなかったけれど。祖父は自由民権で、仕込杖で警官と渡りあって、牢屋にぶちこまれた。おやじは先祖からの畠を手放したくないと、帝国陸軍の飛行場設置に反対して、刑務所。おれも米軍基地拡張に反対してぶちこまれたし、今は革新から出て市長だけどな、あの進歩的な教育学者とは、

絶対に同調できない。武蔵野インディアンにとって、イデオロギーなんて、お前、羽織袴や野良着を脱いで着た洋服が背広か作業服かというだけのことさ」

四

教育学者との対談の反響は、中学時代の友人が肉を食わせてくれただけではなかった。何通かの投書もあったが、一通の例外を除いて、どれも久男を非難するものばかりだった。久男の発言は文部省がおしすすめる差別と選別の教育、落ちこぼれを切りすてるエリートの教育であると批判された。中には世の中にできる子もできない子もいない、誰もが同じ学力、同じ運動能力、同じ情操の持主にするのが学校だというのもあった。この人は学校間の格差是正などでは手ぬるい、子供の間に差を完全になくせと主張していた。それが成功すれば、子供はみなタイヤキみたいに同じ人間になって、大変に妙なことになりはしないかと久男は首をひねった。

例外の一通の投書というのは、久男の言葉に全面的に賛同したのちに、自分の子は大変に個性的な資質の持主だが——どうやら学校の持てあましものらしい——どこかよい高校に世話してほしい、というのだった。

どうやら教育について発言している人の多くは、自分や自分の子に有利なことを考える人や、政治目的のために、ある教育方針を主張するエゴイストらしい、と久男は思いはじめた。対談相手の教育学者は勿論だが、榎本や村野、土方だって、別な意味で、自分の政治的な立場を公けの制度にしようとしている。私情や私欲・私怨などを、公共のものにしているのだった。

そして、そういうもののない、たとえば久男のような人間は素人あつかいをされる。教育問題については、誰もが何かのかかわりがあり、本音と建て前が食い違っているから、上手に建て前を主張する者に引きずりまわされる。村野だって、先祖が作った公立高校に、オレの息子を入れなかったから、市長に立候補した、などとは公けの席では言うまい。また対談の相手の教育学者にしても、今の日本の体制を倒すための合法的な闘いの一部として、自分がたまたま教育学者だから、その立場から体制をつき崩そうとしているのだ、などとは告白すまい。いずれにせよ、彼らには理屈など、どうでもよいことなのだ。

久男はこんな問題にかかわったことに厭気がさして腹をたてていたから、できるだけ早く、このことについては忘れようと思っているのに、たまに古い知人から葉書がくると、対談についての感想ばかりだった。

その日も、久男は書斎にいて、妻が、

「シライさんてご存じ、電話だけど、またきっと教育対談の読者よ」

と言った時、彼はまたか、と思った。書斎の机の電話機に切りかえてもらって受話器をとると、

「太田先生ですか、私は高校でお世話になった平井という者ですが」

というからには、久男が教員をしていた定時制高校の関係者であろう。

「白井さん？　平井さん？」

「ヒライです」

それでも、どちらの名前にも覚えはない。

「平井さんねえ、何時ごろの人かなあ」

何時ごろと言っても、久男が定時制で教員をしていたのは、ほんの四年ばかりで、一番印象的なのは、彼の就任と同時に入学して、やめるころ、四年生になっていたクラスである。

「ほら、私の家は本屋でしてね。先生が安く本を買えないかなんておっしゃって……」

そんなことを頼んだ覚えはないが、本屋の息子であることを知っている生徒となると、あの不良のできの悪い生徒しかいない。あれが平井という名前だったのか。

「うん、思い出した。同級生のちょっと智慧のおくれた美少女を……」

「下らないことを覚えてんだなあ。やっぱり、先生は担任だったから」

「担任だった？　君たちの」

「ええ、ぼくらが入学したのと先生の就職が一緒でしょ、それで、担任。ずっと持ち上って、ぼくたちが卒業する時におやめになった。でも、卒業式に来てくれなかった。みんなブーブー言ったもんですよ」

平井は新聞を読んで、自分の高校時代を思いだしてなつかしかったと言った。そして今では一応の本屋になっているから、暇な時に来てほしい、と言って電話を切った。

何日かして、久男は平井の本屋に行くことになった。その日、都心の出版社との打合せが早くすんで、夕方、後輩が郊外のマンションに移ったお祝いのパーティを開く時間までに、二時間ばかりの空いた時間ができた。家に帰ってもお茶を一杯飲むくらいで、またすぐ出なければならない。今までなら、映画でも見る所なのだが、ふと、後輩のマンションと平井の店が両方とも小田急線にあることを思いだした。平井の店に行って、それからマンション移転のパーティに出てもよい。

駅をおりて、商店街を歩いてゆくと、すぐ平井の店は見つかった。堂々たる構えの店である。ショーウインドウをはさんで二つの自動ドアがあり、ショーウインドウの内側は勘定場になっていて、女の子が二人働いていた。

「御主人は？」

とたずねると、女の子が丁度持っていたボールペンの尻で奥を指した。店の奥には、ここが本来の勘定場だったに違いないコーナーがあって、そのまわりは辞典類の棚で客はすくない。そこの金銭登録機を前にしている四十男が、久男の記憶にないながら平井に違いなかった。

「今日は」

と言うと、

「あ、先生」

と立ち上った。

「どうぞ、お上り下さい」

しかし平井が通してくれたのは、帳場に隣接した六畳で、そこは返本用なのか、畳も見えないくらいの、大小の本の山がニューヨークの航空写真のように並んでいた。その薄暗い部屋の一隅に坐って平井と向い合うと、明るい店の中全般が見渡される。

「万引防止のために、君がこっちに来た方がいいんじゃないか」

「本当はそうなんですね、じゃ替って下さい」

小さな机風の台と金銭登録機にかこまれて、店の端に坐ると、久男は何だか本屋のおやじになったみたいな気がする。事実、彼の前の台に、ポンと文庫本を置いた若者がいた。

見よう見まねで、店の包み紙で作ったカバーをかけ、代金を受けとって、金銭登録機の数字を打ち、受けとった千円札をキャッシャーに入れ、釣銭と共に受け取りを本の上にのせる。売上伝票を台の下のボール箱にいれた。

「すみませんねえ、先生にそんなことさせて」

二人のために近くの喫茶店からコーヒーとケーキの出前を電話で頼んでいた平井が言った。

「それで有難うございます、と言えれば本屋になれるんですがねえ。私はね、こう思うことにしてるんです。三百八十円の新書、うんこれで親子三人の朝飯の食パン代が出た。こういう風に考えますと、私が黙ってこうして坐ってるだけで、お客さんが、コーヒー代、バター代、次々に払って下さるんです。有難うございます、と言う気になれるんです」

昔、ぐれていた少年だったのに、今では世帯くさいことを言うので久男は笑いだした。

「おかしいですか」

「うん。そうやってかせいだ金を、コーヒーなんかに使っちゃ申し訳ない」

平井は髪をのばして、それが分け目もはっきりさせずに、額にたれ下っているあたりは商人というより、文士か学者風に見えた。細い金縁の眼鏡もひどく知的で、元インテリが、何かのことで本にくわしいからと、本屋をはじめた、という感じだった。

「君ん所、文房具なんかも扱って、まともな本屋じゃないなんて言ってたけれど、どうして、立派なもんじゃないか。君の商売がうまかった訳だ」

「いえ、この奥に団地ができましてね。その人たちが本を読むんですな。それで文房具の方は、弟に団地のそばに専門の店をやらせまして、ここは本だけです」

「入口に勘定場を作ったのは万引防止かい」

「それもあるんですが、ま、お客さんにしても、一々、奥に行って金払うの面倒だし」

久男はアメリカの大学町の本屋の話をした。ポケットブックなど、帳場へ持ってゆくと女の子が、

「ホールド・イット（持ってて）」

と言い、PAID（支払いずみ）という大きなスタンプを、久男が持った本におしてくれる。

「万引防止ならそれができりゃいいんですよね。それができないから、代金もらった本を一々

包むんですよ。でも、本を買いに来た人は、本を見ますよ。万引きしようというのは、まず、店の者を見ますね」

「そりゃね、カンニングしようとする者も同じだよ、問題用紙を見ないで監督の教師を見る。君も覚えがあるはずだ」

平井はクスクス笑った。

「あ、それでですね、先生がそこに坐ってれば、そのまま本屋がつとまるのは」

「例の美少女、その後どうなった」

「早く死にましたよ。腹膜炎か何かでしたね。高校は早くやめたでしょう。家でブラブラしてましたけど。美人でしたねえ。先生も気があったでしょう」

「うん」

「そうだろうと思った。彼女頭さえ一人前なら、テレビか映画でスターになってましたね」

喫茶店のユニフォームらしい、コーヒー色のワンピースに黄色いエプロンの娘が、盆にのせたコーヒーとケーキを持ってきた。平井は伝票にサインして、盆の上の領収書を大切そうに引き出しにしまった。

「この領収書というのがね、税の申告で物を言うんです。先生とコーヒー飲んだんだって店の必要経費でおとしちゃう。なんでしたっけ、そうそう弘美のことです。弘美っていうんです、あいつ。デイトして、手を握ってもニコニコしてる。頬にキスしても、平気。どこまで大丈夫かなと思って、草むらにつれこんで、服の上から乳首つまんだら、キャッと言って、しゃがみこんだから、そのまま……。でも、彼女初めてじゃなかったし、それから十日たったら、もうつわりですからね、犯人はぼくじゃない。先生じゃないですか、もしかして——」

「バカ言うんじゃない」

「でも、看護婦のおばさんいたでしょう、同級で」

「おばさんたって、あのころ、二十すぎだろう」

「おばさんというあだ名ですよ。おばさんは先生に惚れてたな。彼女はレントゲン技師と結婚しましてね、今でも湘南地方の病院で共かせぎ」

「クラス委員は市議で汚職やったのは知ってるけど、もう一人の秀才の工員は？」

「あれはね、大学は昼間の土木に行きましてね、今、マレーだか、ボルネオだかで港作ってますよ。五年に一度くらい同窓会があって、先生も呼ぼうかということになるんですが、卒業式にも来てくれなかった担任だから、ぼくらの集りなんか、来てくれるものか……」

「いや、そんなことはないんだが、あのころは若気の至りで、金かせぎに夜学の教師でもしようという、典型的なデモシカ教師だったから、原稿で食えるとなると、後足で砂をかけるようにしてやめてしまった」

「でも、ぼくらだって、クラス委員の役所の給仕、それから秀才工員、佐藤って言うんですよ、あいつ。あいつとかおばさんはともかく、ぼくをはじめ、高校にでも行くか、あの無試験の高校にしか行けなかったという、デモシカ生徒だから、丁度、似合いじゃないですか?」

平井は店の表の方を顎でしゃくった。

「あの女の店員たち、高校出ですけどね、成績いいんだなあ。私なんかよりずっといい」

「しかし、君は、本屋とも言えない本屋を、こんな立派に仕上げた」

平井は首を振った。

「いや、私の力じゃないですよ」

平井は自分がいかに苦労せずにこうなったかを話してくれた。時々、客が来て、彼の話を中断した。

平井の父は洋服の仕立て職人だったが、平井の弟が乳児のころに軍隊で死んだ。元々が家の中で仕事をする職業柄、体の丈夫な方ではなかった。二人も子供がいるのに、軍の被服廠に徴用され、ついで兵隊にとられ、訓練中、肋膜炎になり、そのまま死んでしまった。二人の子供をかかえた母親は戦後本屋をはじめた。彼女は服を作れなかったし、物資不足のころに、手に入るものは何でも売っていたが、本は資本がなくとも、取次店が持ってきて、店に並べてくれるし、売れなければ返せばいい。

平井は中学のころから、売上げから小遣いをくすねるような子だったが、成績も悪く、普通の高校はどこも入れなかった。まだ高校の進学率はそれほどでもない時代だったが、母親は高校くらいは出すと言い、彼もその方が体裁がいいと思ったので、無試験で入れるその定時制高校に入学した。

高校の授業は面白くなかったし、第一、授業についてゆけなかった。それでも一年の時は弘美という美少女にひかれて通い、二年ころからは、遊び仲間ができて、放課後、一緒に酒を飲んだり、公園や神社の境内のアベックをのぞいたり、おどしたり、という遊びが楽しくて、学校に来た。

「不思議なもので、家からじかに公園のアベックのぞいても面白くはないんです。何か、面倒くさいんですよね。それが太田先生の英語でしぼられ、飯山先生の何だかさっぱりわかんない数学を聞かされると、体の中に、何かがたまってくるんです。それでワルの仲間の稲垣とか佐々木たちと休み時間にワイ談しちゃ、今夜、これから多摩川の岸でも行ってみるか、行こう、行こうなんて。つまりね、先生の授業さえなければ、私たち、非行少年にならなかったんじゃないですか」

「じゃ、ぼくらは非行少年を養成するために働いたわけだ」

「私らの場合はそうですけれどね、汚職市議の岩田とか佐藤みたいな秀才もいたし、おばさんみたいに正規の看護婦になって、あわよくば太田先生の恋人になろう、なんてのがいたから、それはそれでいいんじゃないですか。だからね、先生たちの対談を新聞で読んでると、正直な話バカらしくて。落ちこぼれを作らない方法とかいろいろ言ってるでしょう。負け惜しみかもしれませんが、落ちこぼれには落ちこぼれの楽しさがありましたからね。弘美を裸にして抱いたり、アベックをのぞいたりというのは、先生や親の期待をかけられていたら、やりたくてもできやしません。おかげさまで、やりたい放題させてもらいました。でもおばさんはいい人だったなあ。私が性病になった時、いい医者に紹介してくれたし、自分で治療してくれて。あの時は具合悪くてね、誰の説教より、おばさんにあそこを見られたのはきいたな」

彼が高校を出た翌年、団地ができた。彼の母親は団地の客の注文に応じて、出版社から本を取りよせては、バイクで配達した。冬の夕方、彼女は団地の住人の車と衝突して死んだ。その事故が団地の新聞に出たので、団地の人は交通遺児になった平井たちから本を買ってくれた。

それまで、店の金を持ち出すだけだった平井も、弟と二人になってみると、今までのように遊んではいられなかった。授業がつまらなかったから、よたってみたり、アベック荒しをしたのだ。親が死んでしまえば、売上げをごまかしたって意味がないのである。バイクの荷台に本を一杯つめて、団地に届けると、バイクの原価償却、燃料代をさし引いて、いくらのもうけになると計算するようになれば、もう無駄遣いはできない。

そもそもが人口のすくない、さびしい住宅地だったのに、昭和三十年代から四十年代に農地が消えて、団地や分譲住宅ができた。住民の多くはホワイトカラーであり、その家族は活字と縁の深い人が多い。何年かすると、平井は出版社の近刊目録を見るだけで、どの本が売れるか見当がつくようになった。

一方、筆記用具、ノートの類も結構出るので、文房具や書斎用アクセサリーの店を団地の近くに作って、弟にやらせることにした。すると、それまで、店番と配達を交替にやっていたのが、それができないので、平井が結婚することにした。

「そんな、都合だけで結婚したのか、本当に。そりゃ、奥さんは給料はいらないし、労働基準法によると、などと言わずに働くし、飯もつくるし」

「セックスの相手もね。そりゃね、若かったですから、店閉めてから、弟と二人で、お前新宿行け、おれ渋谷と、金を持って女をあさりに行ったことはありますよ。しかし、一度かせぎ出すと、そんなことに金を使うのが惜しくてね。その点、結婚すりゃ、アッチはタダですから。そこに、私の口から言うのは何ですが、美女が現われましてね。何で、私の女房になったかというと、おやじが暴力ヤミ屋上りの韓国人で、なかなか、縁談がまとまらなかった」

用足しに出ていたとかで、やがて帰ってきた平井の細君というのは、本当に美人だった。韓国系によくいる瓜実顔の鼻筋の通った女だった。彼女の父は敗戦後、北海道の炭鉱から来て、ここの駅前のヤミ市で古着屋を開いた。店へ娘時代の振袖などを売りに来た若い戦争未亡人を金と暴力で自分の物にしてしまった。

「女房の母は昔のことは恥じて話さないけれど、ずい分ちゃんとした家の娘で、戦死した御主人も将校だったらしいですよね。そのころの写真を大事にしてたのを見つかって、今の亭主に焼かれちゃったのだそうです」

闇市が整理されるころ、ヤミ屋の多くは、この街に来た時のように、どこへともなく消えてしまったけれど、その古着屋は残った。日本人の女房に洋裁の心得があったから、洋裁店になった。街の商人たちは、夫の韓国人が戦時中の恨みを晴らすためとは言いながら、ずい分ひどいことをしたことを忘れていなかったが、最大の被害者であろう日本人の女房が気の毒で、彼を商人の仲間に入れることにした。

本人も年をとると、荒々しい気性は消えた。多分、本質は明敏な男だったのだ。よい隣人、よい市民になろうと務めた。しかし二人の間の娘の縁談となると、支障がないではなかった。平井には親はいなかったし、自力で店をやっていたから結婚に口出しする親類もいなかった。彼はただ、その娘が美しく賢く、しっかりしているから、結婚を申しこんだ。彼は高校でこそ劣等生だったが、無駄にその四年間を遊んでいた訳ではない。そういう境遇の娘を夢中にさせるくらいのテクニックは心得ていた。

「ふーん、デモシカ教師とデモシカ生徒でも、しかも世間ときたら猥雑で妙な時代だというのに、結構うまくいくんだなあ。君がなあ、堅気になるなんてなあ」

「いや、ですけどね、私にとって、高校はハクをつけるためで、勉強するつもりなんかはじめからないですもんね。遊びですよ、卒業免状以外は。秀才たちやおばさんも同じじゃないですか。あの人たちも高校卒という資格がほしかった。勉強したのは入試にパスしたかったから、おばさんは先生に可愛がられたかったから。ですからね、先生と教育学の先生の対談読んでると、おかしいんだなあ。よくいるでしょう。子供のヘタくそな絵とか、思いつきを書きちらした文章を、やたらに持ちあげる先生が。絶讃された子供の方が白けちゃうんです。ほっときゃいいんですよ。高校入試がひどくなろうと、どうしようと。私だって、英語をやらなきゃと思ったのは、先生に英語習ったからじゃないんですよ。帳場に坐ってると、翻訳本が場所柄結構出ますよね。表紙に原題や著者名が印刷されていたりするでしょう。『今度出たフォーサイスのザ・デビルス・オターナティブの翻訳とっといて』、なんて注文する人がいるんですよ。それだけ英語ができるなら原書で読みゃいいのにねえ。オターナティブと聞こえたのは日本語でオルタナチブで、悪魔の選択ということだと見当つけなきゃ、この商売つとまらないんですよ。それで、帳場に坐るようになってから、ボツボツ英語をやるようにもなりました。国語の方もね、女房もらう時、私は学歴が弱いと思ったので、大学の聴講生にでもなって、教養の方も……と言ったんですけどね、聴講生をキコウセイと発音したんです。そしたら先方のオヤジが韓国系のくせに、平井さん、それね、チョウコウセイと読むよ、と言いやがって。それでね、発憤しまして……。だから、高校に限らず、学校なんて、どうでもいいんですわ。先生には悪いけど……」

久男は平井の話を聞いているうちに、言っていることは全く別のことながら、平井と榎本、村野たちとの間に共通点があるのに気付いた。彼らは皆、教育学者の言うことも支持しないかわり、久男の言うことにも大して賛同している訳でもないのだった。久男が言った、つまりは素質が物を言うという意見にしても、だからまわりから、制度をいじったりするなという点だけが評価されているようだった。平井は学校がどうあろうとも、必要を当人が認めれば勉強する、と言っているのだし、榎本たちは、学者や役人が思いつきみたいに教育方針や制度を変えては困る、建て前はともかく、実体は全く別の力学で教育が行なわれていると久男に言おうとしたのだろう。

久男はふと思いつくことがあった。

「もしや、君の家は、昔から武蔵野にいたんじゃないか」

「さあ、父の方はそうですけどね。丹沢山の近くだって言いますね。明治になって、横浜から生糸が積み出される。養蚕農家はえらい景気になる。かと思うと生糸相場が暴落すると夜逃げする家ができる。うちは夜逃げ組でしてね、父は洋服屋の小僧になり……」

「そういうのをね、武蔵野インディアンと言うんだよ」

久男は榎本たちの話を平井にしてやった。

「あ、そうなんですか。してみると自由民権と糸成金や、夜逃げ組が出たことは関係あるかもしれませんねえ」

平井はお愛想のように言った。

女店員がスイッチをおしたのか、それとも自動点燈装置があるのか、店内が明るくなった。元々、久男たちのいる奥の方は照明があったのだが、店の表の方まで、明々と螢光燈がついた。急に戸外が暗く見えはじめる。久男は時計を見た。まだパーティに行くには早すぎるが、そうそういつまでも平井の所で時間潰しをしている訳にもいくまい。

久男が立ち上ると、平井も店先まで送って出てきた。

「じゃ、今度、クラス会を開くことがあれば、先生にも招待状を出しますから」

「そうして下さい」

駅の方に歩きながら久男は、そうか、平井も武蔵野インディアンの子孫であったかとうなずいたが、いや、そういう目新しい造語を乱用していると、事の本質を見間違えるかもしれないと反省した。

村野がインディアンという表現をしたのは、土地に根を生やした者、というのではなく、現実に立脚して生きている者ということかもしれなかった。そうすれば、平井は先祖がどの土地の出身であろうともインディアンだし、暴力的な第三国人のヤミ屋から、堅実な商人になった平井の妻の父だってインディアンだろう。

理想郷を求めて放浪している白人とは、教育学者や久男たち、紙とインクの世界しか知らない者のことなのだ。当人たちは悲愴感にあふれて旅を続けていても、彼らが通過する土地の自然に適応して生きているインディアンからすれば、愚かしく、滑稽な存在なのかもしれない。

久男は背を丸めるようにして、薄暗くなった道を、駅へ急いだ。


〔昭和56（1981）年「文藝」4月号 初出〕

敗戦

一

昭和二十年の八月二十八日に軍隊から帰ってきた久男は、二週間ばかり、ほとんど寝てすごした。

栄養失調気味ということを除けば、どこも体に悪い所はなかったが、要するに疲れていたのだろう。勤労奉仕と言っていたころの農村での手伝いを別にしても、久男は敗戦までの一年とちょっとの間に、製鉄工場、造船工場、火薬工場、航空機工場と、軍需産業の花形の部門をわたりあるき、その総仕上げが帝国陸軍だったから、いかに十九歳の体でも大病をした後の状態になっていたのだ。

八畳の間の廊下のすぐそばに敷いた布団を軍隊風に毛布でキチンとくるみ、その上で一日中ごろごろしていた。本も読まなかった。昼近くなると、枕にのせた頭の位置からは、廊下に白く埃の浮いているのがよく見える。久男はそんなこともガマンできなくて雑巾がけをする自分を、以前とはすっかり変ったと思った。冬の間、火薬工場の工員寮にいたころは、冬寒くなると戸障子など片端から燃して暖をとり、その灰が降りつもった部屋の中で、いい、しらみをわかして、よれよれの夜具にくるまって寝たものだった。

久男はこの毛布を何時売りに行こうか考えていた。軍隊から帰ってくる時、革靴、地下足袋、軍服の類は作業着としてほしいという農家の同僚にやってきた。それを米とカンヅメにかえ、二枚の毛布にくるんで持ち帰った。毛布は戦時中にできた木綿とスフのまじったものでなく、昭和九年製、十年製の古くはあっても純毛のものだけを持ち帰ってきた。

そういう智慧の働きを久男は工場と軍隊と戦時下の社会から学んだ。敗戦後の日本がどうなるか、久男には皆目見当がつかなかったが、かすかに手がかりになるのは、昭和二年ころ、朝日新聞社から出たレマルクの『その後に来るもの』という第一次大戦後のドイツを書いた小説だった。火薬工場時代、久男はこれを手にいれて、繰返し読んだ。ヤミ市、食糧の買出し、売春、暴動、インフレ、革命。

革命になった時の用意に、久男は部隊の裏の水田と接している生け垣の間に、拳銃を埋めておいた。そこは洪水から兵営を守るために高さ三尺くらいまで石を積み、その上に土盛りをして、からたちを植えてあった。久男はその根方に油紙に包んだ拳銃を埋め、その場所の確認のために磁石で高圧線の鉄塔と水田の向こうの鉄橋の橋脚との方位を読んで暗記しておいた。

進歩的なことばかり言っていたくせに、物資がなくなると、ヤミで食糧を確保することに狂奔したり、米軍の動向がわかるまで、嫁に行って宮坂という姓になっている娘の敏子には、東京に帰るなと言う母のサトを、久男は笑わなかった。敗戦後の彼は自分が母を保護者の目で見ているのに気付いた。サトは一日に一度は、

「お父さんの疎開している高崎に行こうと思ったけれど、いつお前が戦争に負けて負傷して逃

げてくるかと思うと、ここを動けなかった」

と言っては涙ぐむ。久男は七月二十日に入隊するまでは三鷹の飛行機工場に行っていたし、中学四年の次男の隆男は府中の軍の倉庫に動員されていたから、サトは東京から疎開する訳にはいかなかったのだ。

「兄さん、二等兵かよ。ケツじゃねえか。兄さんと同い年で海軍少尉の人がいてさあ、短剣なんか持ってるんだ。見せてもらっちゃった」

と隆男に言われても、久男は微笑してそれを聞けるだけの距離を弟との間における自分を意識して、自分は成長したと思った。以前なら、おれだって拳銃をかくしている、などと言うところである。

久男は大学生だというだけの理由で、敗戦後、本部の事務兵になって、日本政府や米軍に提出すべき人と物の表を作っていた。八月二十二三日ころの夕方、一人の軍曹が、階級のはるかに下の久男を物陰に呼んで、

「これ、ちょっと、始末しといてくんねえか」

と言って渡したのが、南部式の拳銃だった。軍曹の顔がこわばって、汗とも脂ともつかないもので光っているのが珍らしかった。敗戦前なら、軍隊の主のような下士官が、二等兵の前でこんな表情をすること自体、ありえないことだった。久男は、これも敗戦というものかと思った。多分、この軍曹の中隊は九十九里浜あたりの前線陣地にいたのだ。敗戦になった時、武器

を敵に渡してはならないといった空気があって、いち速く破壊して使用不能にした中隊もあった。だからこの拳銃は書類上、破壊された上で返納されたことになっているのだろう。計画的に破壊した何梃かの拳銃の部品を集めて一梃の完全な銃を作るのはむつかしいことではない。

しかし軍曹は部隊に引きあげてきて、武器の隠匿、使用に対して連合軍は断乎たる処置をとるという通達を見ておびえたに違いない。そして、復員の前日になって、始末に困り、うかつに棄てると、銃の番号から足がつく、というので、武器の数を算えてリストを作っている久男たちの部屋に来て、一番位の低い彼を呼び出したのだ。

「いいですよ、員数つけときます」

久男は夕闇の中で顔をかくすようにしている軍曹から拳銃を受けとり、兵営の外れの生け垣の間に埋めたのだった。

それを家に持ち帰ることはできなかった。営門前で解散してから、そこへ取りに行くこともできないではなかったが、八月二十八日という久男たちの復員の日は、米軍の先遣部隊が東京に入る日でもあって、彼らが東京駅その他でチェック・ポイントを作っている可能性があった。無意味な危険はさけた方がよい。

隆男から「友達の兄さんの海軍少尉の短剣」の話を聞いた時、あの拳銃を取りに部隊の裏に行く必要がおこらなければいい、と久男は思った。彼は拳銃のことを隆男にも母にも言わなかった。うっかりしゃべって隆男に伝わって、「おれの兄貴、二等兵だけどピストル持ってるぜ」

などと同級生に自慢されると困ったことになる。

久男が軍隊から家に帰ってきた日、母はいなかった。後に知ったのだが高崎の父の所に、食料の買出しに行ったのだ。玄関の鍵がかかっていたから庭にまわると、思いがけなく、縁側でカボチャを並べていた隆男が、

「あ、兄さん」

と悲鳴のような声を出した。

「お前、何してんだ」

「だってさ、夏休みだもん」

「夏休み！」

久男はちょっと不意をつかれた。実際的には日本の学校の夏休みは昭和十八年で終りになっていた。昭和十九年の夏は高校の寮にいたが荷物を整理して、親許に運ぶという名目で数日間東京の家に戻ったが、すぐに工場に動員された。そして、工場にいるまま、高校から大学に進学し、形ばかりの授業の後にまた工場動員、そして昭和二十年の夏は軍隊ですごしてしまった。しかし隆男たちは工場動員が解除になっても、学校は授業をするゆとりはないだろうし、確かに今の状態は夏休みなのだろう。

「いや、今は何してたんだ」

「晩飯に食うカボチャを選んでいるんだ」

「では、一番まずくて、小さいのを選べ」

僅か一月なのに、久男は自分の言葉が兵隊風になっているのに気付いた。そう言えば隆男のカボチャをなでたり、並べかえたりする手付きは工員風だった。自分たちが大学生、中学生に戻れる日がくるのだろうか、と久男は思った。

久男は二斗以上の米を持ってきていた。それからイワシのカンヅメ、少量の粉味噌、カンパン。久男は隆男に手伝わせて飯盒で飯を炊いた。燃料は防空壕を作るために切り倒した松の木を、久男が入隊前に鋸で引いておいたのが、夏の間に乾いて、よく燃えるようになっていたのだ。飯が炊けると、粉味噌とカボチャで味噌汁を作った。それにイワシのカンヅメを開けた。

隆男は首筋の腱をひくひくさせて食った。

「うまいねえ、兄さん。軍隊では毎日こんなもの食ってたの？」

「そんなことはない」

敗戦後、それまで備蓄しておいた食料を一部出すようになったから、軍隊の食事はいくらかよくなってはいた。しかし久男たち兵隊の栄養失調を回復させるには至らなかった。兵隊は急に立つと目まいがするようになっていた。もっとも本部の事務兵になってからは、こっそり間食が手渡されることがあった。それは黄色い結晶ブドー糖のカケラ程度ではあったが、久男はそれを口にいれて、舌さえも動かさずに、すこしずつとけてゆく甘味を楽しんだ。

米は六合炊いた。三分の一は高崎から帰ってくる母に残したかった。隆男に三分の一でやめろと言うにしのびなかった。久男は自分は一合とすこしで我慢して、営門を出る時、最後に本部の下士官から有金はたいて買ってきた乾パンで食欲をごまかすことにした。隆男には乾パンの間に入っている金米糖をやった。

サトは七時ころ帰ってきた。リュックに三分の一ほどジャガイモをいれ、トウモロコシを二三本持って帰ってきた。飯も汁もさめてしまっていたが、

「こんな、普通の食事をいただけるなんて、夢みたい。それに純綿の御飯なんて……」

そのころ、まぜ物のない米飯を純綿と言っていたのだ。

兵営にかくした拳銃が必要になる事態は、日本では来そうになかった。新聞によると、「英会話を習う女性たち」が日比谷附近に出没するようになったと、写真では明るく見える米兵の軍服と対照的に黒っぽいモンペ姿の日本女性の姿が紹介されていた。

九月に入って間もなく東京の本社再建の下調べに上京したという父が、上野駅で買ったというラッキー・ストライクを持ってきた。日本のまずいタバコを吸いなれた後では、やたらに香り高く味もやわらかく、久男は、こんなのを吸っている軍隊と戦って勝てるはずがなかった、という気がした。

父の鎮一の会社は元々が工作機械の輸入の仕事をしていたが、日本が経済的に鎖国になって会社は事実上解散になり、上海あたりで中古の機械を買い集めたりする工作機械の統制団体で

働いていた。戦争に負けてから会社を復興して、さし当り旧軍需工場の機械や工具類のブローカー的な仕事をはじめることになって、鎮一も元の職場に戻って上京したのだ。彼は上機嫌で、

「社長は今に米軍に食いこもうと言ってる。あれだけジープが走っているからには、整備のための工具類がきっと必要になる。それにしても、このラッキー・ストライクだが、戦前は白地じゃなくて、緑色だったと思うがなあ」

と首をひねった。

敗戦・暴動・革命というのはどうも日本向きの図式ではないと思うと、久男は自分が拳銃を用意したのは、冷静なつもりだったが、やはり気が動顛していたのだと、今さら人に言うのも恥ずかしかった。してみると拳銃を始末してくれと頼んだ軍曹はやはり年の功で、日本のだらしない戦争の負けっぷりを見通していたのだ。しかも本部勤務とはいえ、最下級の久男にその仕事を頼んだところを見ると、八月十五日を境に、それまでの八十年ばかりを生きてきた帝国陸軍の論理はもう通用しないことをいち早く感じとったのではあるまいか。さすが、軍隊の裏も表も知りつくしている下士官だけある。あの軍曹は今ごろ闇市でふかし芋か何かを売って、ばりばり金もうけをしていそうだと、地べたにあぐらをかいたふてぶてしい姿勢も想像されて、久男はこういう兄が自分にもいたら、と思った。

九月十日すぎて、めっきり涼しくなってから、久男は久しぶりに学生服を着て、角帽をかぶって大学に行った。そろそろ授業がはじまるだろうと思ったし、入隊の時に出しておいた休学届

けの始末をしなければならなかったのである。

大学のまわりは焼けて、赤門の近くでは、電車通りに面して植えられた椎の類の常緑樹の葉が、炎にあぶられて茶色に枯れていた。それでも大学の構内は戦争の被害はほとんど残っていなかった。焼け跡やこわれた公共施設ばかり見せられた後では、戦前とほとんど変らない大学のたたずまいが頼もしく、久男は心の休まるのを覚えた。

事務所の人は、久男の休学届けを出してきて、

「七月二十日ですか。これじゃ休学にもなりませんな。ま、夏休みだと思って下さい」

と言った。ひょっとしたら本土決戦で死ぬかと思って入隊したのに、その軍隊にいた期間を夏休みと言われても、久男は腹がたたなかった。事務官の微笑に、「無事でよかったですなあ」という祝福が感じられたからである。四月の入学式の時にも、大陸の旅順高校の出身者は一人も姿を見せていなかった。内申書だけで入学の銓衡《せんこう》が行なわれたから、書面上だけは内地の大学に入ったものの、彼らは今、ソ連と中国軍の占領下にいる。彼らにとって、まだ第二次大戦は終っていないのだ。

銀杏並木にも学生の姿はすくなかった。帰りかけた時に、かすかに見覚えのある工科の学生が前からやってきた。挨拶しようか、と顔を見ていると、先方は立ち止って、

「おい、中学にな、米軍が駐屯しとるぞ」

と言いすてて、そのまま、工学部の方に歩いていった。乱暴な口のきき方だったから、久男

の中学の上級生であったのかもしれない。当時、角帽の正面には大学の徽章をつけて、顎紐止めの左右には、出身中学と出身高校の側章を使って、まるで履歴書みたいな角帽が流行していたが、この工科の学生がそうだった。側章によって、彼が同じ中学の出身であることがわかった。

陸軍の飛行場の近くにある久男たちの中学には監視に利用できる塔があるし、教室は分隊程度の兵員の宿舎になる。訓練用のグラウンド、集会や食堂に使える講堂や剣道場、柔道場もあり、おまけに塀をめぐらしているから、中学校は敵地に進出してきた軍隊の宿舎としては好適な条件をそなえている。

柔剣道場に並んで軍事教育用の武器庫があった。あれは米兵に真先に荒されただろうと思うと、意外にも不愉快だった。拳銃の始末を頼んできた軍曹の中隊が、兵器をすべて使用不能にして返納した理由もわかるような気がした。つまり、米兵たちがあの銃を小バカにして玩具にしている状態を想像すると、その銃が粗悪なだけに、つらい思いがするのだった。日本の歩兵銃がダメだということを久男に指摘したのは同級生の川口等だった。そのくせ、彼は将校を養成する陸軍士官学校に進学したのである。

久男たちの中学は二十世紀になる直前に開校されたので、武器庫には古い銃があった。ロシア軍の騎兵銃と思われる長大な銃があった。騎兵銃の銃剣は折りたたみ式のナイフのように、平常は銃身に刻んだ溝に納まっているが、百八十度廻転させると銃口の先に三十センチほども、槍の穂のように突き出るのである。日中戦の初期に中国軍から奪ったと思われる、木部のまだ新しい単発式の英国製の銃もあった。

しかし、最も印象的なのは、日本陸軍の歴代の制式歩兵銃であった。

日清戦争に使われた村田銃は西部劇に出てくるウインチェスター銃と似た構造で、銃身の下にそれと平行に、銃身と見間違えるほどよく似たパイプ型の弾倉があった。そこに弾丸を縦に鉄道の列車風に格納するのである。銃身の基部には遊底という槓桿《レバー》で操作する筒状の金具がある。これが射撃に際して弾丸を一発ずつ弾倉から引き出して銃身底部にこめ、弾丸の尻についている雷管を、引金と連動する遊底の釘で衝撃して発火させ、射撃後は火薬の燃えつきた薬莢を銃の外に排出する。村田銃は弾倉の運動部分の構造が複雑で故障の多そうな銃であり、異常に重かった。殊に銃をぬかるみにおとして弾倉部に泥でもはいったら、たちまち使い物にならなくなりそうであった。

その点、三十年式は大きな改良が見られた。弾丸は遊底の下部に束ねた形に収納され、弾倉部は分解して清掃することが容易になった。その後の三十八年式の大きな改良点は遊底であった。三十年式の遊底は構造が複雑で、道具なしの分解、手入れは不可能に近かったが、三十八年式の遊底は大きな数個の部品からなり、道具がなくとも、誰でも数分で分解手入れが可能であったし、大陸の黄塵にこりたのか、蒲鉾型の覆いまでついていた。

昭和十六年、中学四年の時、開戦直前のころだったと思うが、軍事教練の後でそういう古い銃をいたずらしている時に、川口はふとこんなことを言った。

「連発の村田銃が採用になったのは、明治二十二、三年だろう。そして日清戦争の結果、明治三十年に三十年式になった。さらに日露戦争の終った明治三十八年に三八式になった。この間それぞれ、十年足らずで銃が変っている。しかし三八式以来三十五年間、陸軍は同じ銃を使っている」

川口の言いたいことは明らかであった。十九世紀の終りから二十世紀の初めにかけて、軍は死に物狂いで兵器の近代化をはかった。単発式村田銃から数えて、数年おきに四度も制式銃をかえている。しかしその成長は日露戦争の勝利によって止ってしまったというのである。そう言えば村田銃と三十年式の銃の間に革命的と言いたいほどの大きな設計上の変化がある。恐らく単発式村田銃と連発式村田銃の間にも、そういう変革があったのであろう。しかし三十年式と三八式の間に大きな違いはない。遊底の構造を単純化し、氷雪、泥、埃などに対する防禦策が講じられたにすぎない。いわば手直し的改良である。たとえば銃剣は三八式の銃でも三十年式の銃と同じ物、正式には三十年式歩兵銃銃剣というのを使用していた。つまり日本軍は第二次大戦の敗戦まで五十年近くにわたって、同じ銃剣を使っていたのである。戦車とか航空機のような新しい枝葉はでたものの、小銃という最も基本的な武器によって見る限り、軍の根幹は二十世紀の初めから停滞していたと見るより仕方がなかった。

そういうことを自分から指摘した川口が陸軍士官学校に進むというのは解せなかった。

大体、久男たちの中学の生徒は東京のホワイトカラーの子弟三分の一、土着の地主層の子弟三分の一、自営の商工業者の子弟三分の一といった見当の集団であった。地主層の子弟は言いあわせたように、早稲田に進学し、地主や家業である酒・醤油・味噌などの醸造業を継いだ。もっともこの層に含まれる神主・僧侶の子弟は神道や仏教と関係のある大学に入った。一番時代に敏感なのはホワイトカラーの子弟で、官僚、軍人、会社員、自由業などを親に持ち、父親が家庭でもらした情報を友人同士で持ちよると、新聞やラジオでは得られない現実がうかび上ってきた。

船会社の社長の息子は会社の船がすべて軍に徴用されたことを語り、国民の生活物資の輸送に支障が生じていることをささやいた。大きな電気機器の会社の技師の息子は、アメリカやドイツのモーターに較べて、日本のモーターの性能の悪さを語った。

ノモンハンで戦った中将が講演に来たことがあったが、彼は戦いの話はせず、息子の嫁が上半身用と下半身用に別のタオルを使うといった話をした。やはりノモンハンでは負けたのだな、と久男たちは思った。

多摩御陵に参拝される天皇の送迎に中学三年だった久男たちが武装して駅に行ったことがあった。普段は貨物置場に使われる構内の空地に整列すると、軍事教育用に軍から派遣されていた将校が、塩辛声をはりあげて、

「いいいか。これから、捧げ銃の練習を行なう。捧げ銃をしてから陛下のお召し列車を目迎目送する。いいいな。わしのこの帽子がお召し列車だと思え」

将校はそういうと剣を外して、それをかかげ、その先に軍帽をのせた。

「見えるな？　帽子が見えるな？　よし、ではいくぞ。ササゲエ、ツッ」

そして彼は先に軍帽をひっかけた軍刀を高くかかげたまま走り出した。軍刀の先でピョコピョコ踊る帽子はそれだけでも充分喜劇的ではあったが、軍刀を軍、帽子を天皇と考えれば、軍につきあげられて、その上で踊っているのが天皇という事実は、そのままで時事漫画であった。

久男は母親からそういう物の見方を習っていたが、またこういう場合に不用意に笑ってはならないことも教えられていた。しかしクラスのほとんど全員が笑いだしたのである。中には、

「うまくできてやがる」

と声に出して言う者もいた。

その時、川口は笑ったかどうか、久男には記憶がない。彼は小隊長で指揮刀を持って、久男のすぐそばにいたはずだが、彼はたとえおかしくとも笑わなかったかもしれない。彼はクラス全員がエスケープしても、一人だけ教室に残っているような模範生だった。

中学校の武器庫には指揮刀もあった。日本刀に模した軍刀ではなく、いわゆるサーベルで、中にはフェンシングに使えそうなものもまじっていた。これは川口のような優等生が小隊長、中隊長の勤務をするのに必要なので、久男たちには縁のないものではあったが、ヤボくさい日本の武器の中で、これだけがヨーロッパ・スタイルであった。教練の時間の前などに、久男たちはこれで西洋チャンバラをして遊んだ。エロール・フリンとかダグラス・フェアバンクス・

ジュニアたちの海賊物とか、『ゼンダ城の虜』などという映画を見ていたから、伴奏にはフレンチカンカンの『天国と地獄』か何かを口ずさんで、チャリン、チャリンと切り結び、負けた方は、カラリと剣をおとして、

「シラノ・ド・ベルジュラック、ここに暗殺に倒る」

などと宝塚歌劇風に胸をおさえて膝をつく。

ある時、久男が土方と西洋チャンバラをやっていた。土方がサーベルを使い、久男は銃剣を持って、ジプシーかサラセンの海賊の短剣のつもりである。そこに川口が来て、

「土方君、サーベルかしてくれよ」

と言った。川口は小隊長だったから指揮刀が必要だったし、ほかのクラスの将校勤務の者が指揮刀をつけてグラウンドに出てしまい余分はなかったのだろう。久男だって、もし、余分の長剣があれば、何も銃剣で土方の相手をしなかったはずだ。しかし、

「おい、サーベル貸せよ」

と言えばすむことだった。それなのに、わざわざ「土方君」と言ったのが、どこか不自然だった。一体に川口は言葉が丁寧で、級友を君づけで呼ぶことはあったが、この場合、丁寧すぎる、という感じがあった。

土方の方も川口にそう言われると、興ざめた顔になって、サーベルを川口にわたした。サーベルをつけると川口はもう久男たちのクラスの級長で、それまでのおずおずした空気はなく、

軍事教練の時間の小隊長以外の何ものでもなかった。

級長で教練の時間に小隊長、中隊長を勤めた者のほとんどは軍人の道へは進まなかった。東京の中学生は時代の動きに敏感で、昭和十四年に陸軍士官学校が一年に二期分の入学生を半年間隔でとって、そのために士官学校の入学者が二十名をこえたのをピークに、久男たちの中学では軍人志望は減少した。

「今時、軍人の学校に行くなんて、気狂いですよ」

と公言したりする者もいて、久男の学年は二百五十名中、陸海あわせて十名程度しか軍学校に行かなかった。たとえばホワイトカラーの子弟では軍学校志望者は絶無に近かった。地主層は保守的で彼らの基本方針は明治以前の生活を継続することだから、別の意味で軍学校に関心を示さなかった。自営商工業層は時代に敏感ではあったが、ホワイトカラー層のように時代の一歩先を行こうとして、アナを狙うことをあまりしなかった。軍学校に進むのはこのグループが一番多かった。

川口は話の内容や態度から自営商工業の階層に見えたから、軍学校に行ってもおかしくはなかったのだが、日露戦争以後、日本陸軍に進歩はない、と言うような少年が陸軍士官学校に進むことは、どことなくおかしかった。

軍学校の入試の発表は秋から冬にかけてあった。川口が軍人の道を選ぶことを知っていたから、冬の初めだと思われるが、教練が終ってから、久男がゲートルで靴を磨いていると——ラシャでできたゲートルは革靴の艶出しとしてはこれに勝るものはないくらいなのである——川口がそばで銃の手入れをしていた。川口は指揮刀を使うことが多く、銃はほとんど使わないのに、手入れを怠らないくらい、真面目な生徒だったのだ。

「おかしいな、この間、演習では銃を使わなかったのに汚れている」

と川口が言った。久男はいささか罪悪感を覚えた。川口の銃を使ったのは久男なのである。演習用の空砲の火薬は粗悪で、二三十発も射つと銃腔がすすけるのは勿論だが、きれいに掃除した後でも、何日かたつと、銃身にしみこんだ火薬ガスが出てきて、ピカピカであるべき銃腔を灰色にしてしまうのであった。

久男は自分の銃を汚すのがいやだったから、演習の時は小隊長の川口の銃を使い、帰ってきた日に、丁寧に手入れをしておいたが、その後ほうっておいたから、銃腔は火薬ガスで汚れているはずであった。

その罪悪感のために、久男はふと親切になった。

「陸士に行くんだって？」

「うん」

「やめろよ。三宅に言わせると高校も文科はやがて徴兵猶予がなくなって兵隊にとられるから、絶対に理科に行けって言うくらいなんだぜ」

「金がないから仕方がない」

「…………」

「ここの学費だって、土方君のお父さんなんかに出してもらっているんだ」

久男はつい二三ヶ月ほど前、川口が土方を土方君と呼んで、サーベルを返してくれ、と言っていたことを思いだした。川口にとっては、土方は同級生とはいえ、いろいろと気兼ねしなければならない友人だったのだろう。おまけに土方は久男らと同じくボンクラだが、川口は秀才で級長である。

「そうか、大変だなあ」

久男としては陸士に行くという川口にそう言うより仕方がなかった。川口はそそくさと手入れをやめて、武器庫に銃を納めに行った。

二

昭和二十年は秋になって、大学の授業がはじまったが、講義は久男にとってあまり身にしむものとはいえなかった。復員がすすむにつれて、それこそ毎週、毎週、銀杏並木の下にたむろする学生の数はふえたけれど、学生の多くは学生服でなく、陸海軍の軍服を着ていた。紺やカーキ色の服に黒い学生服のまじった教室で、古代ヒッタイト語の「シュバ」の音の確立をしたソシュールという男の話を聞いていても、学としての文芸学の体系や、自然の美と芸術的美とはどう違うか、という話を聞いても、久男にはピンとこなかった。

世間では戦時中の権力者の追放、戦犯追及がはじまっていたし、経済機構は解体するか衰弱してしまい、そういう表向きの経済のかわりに、個人の生活は石器時代風の物々交換とか力と顔の経済にまで退化してしまっていた。来年の米のとれるまでに一千万人の日本人が餓死するという記事が新聞に出たし、新しくできた政党の中には、日本餓死同盟などという物騒な名前のものもあった。これは勿論、みんなで餓死しようというのではなく、結束して餓死と戦おうというのである。

それに一年以上教室から遠ざかってみると、精神の肌がザラザラに荒れた感じで、久男は学校の授業にはついてゆけなかった。それなのに岩波書店で文庫を売り出すと、どういう本かということもはっきりしないのに、神田の電車通りにまで、長い列ができた。そこに並んでいる学生の顔を見ていると、彼らはみな戦時中、「われわれは大東亜の指導者となるために……」とか「九軍神の精神をうけついで……」と演説していた上級生と似たような顔をしているように思われた。

その中に一人、高校の同級生で、およそ教養や学問と縁のなさそうなのがいたので、

「お前、何で並んでんだ。この列は外食券食堂とは違うぜ」

と言うと、彼は具合悪そうにあたりをうかがって、久男の耳にささやいた。

「バカ、何でもいいから買っておいて、一二ヶ月ねかして売れば高く売れるんだ」

なるほど、そういうテがあったと、久男は手持ちの「良書」や「名著」を売ることにした。何が何だかさっぱりわからなかった『善の研究』を手はじめに『哲学以前』も『三太郎の日記』も『愛と認識との出発』も、また河合栄治郎の「学生と××」というシリーズも売って食料に代えることにした。

大学のアーケイドに互助板という物々交換や不用品の売買のための板があって、「善の研究米とかえたし」と書いておくと、その余白に希望者が交換場所と日時を書きこんでおく。

久男の本を買った学生は誰も食料不足で青黒い貧相な男ばかりで、彼は餓えた者から食料を搾取しているような良心のとがめを覚えた。もっとも久男の家だって、食料は不足で、満腹することが生活の到達目標のような毎日だった。暇さえあれば、久男は食料の買出しに行った。

姉の敏子は夫がまだ大陸から復員しないので、信州の舅の家で野良仕事をしているという。舅という人は引退した中学の校長だから、金も土地もある訳はない。敏子は知人の田で稲を作り、庭先で野菜を栽培して、義理の父母と自分の食べるものを確保しているのである。とても、彼女の所に、食料をわけてくれと言いにはゆけなかった。

米軍に工具や工作機械を調達するという父の仕事もうまくゆかなかった。米軍は必要なものは本国から持ってきていたし、逆に米軍から流れたものが、ヤミで高値で取引きされている状態だった。おまけに家には隆男という育ち盛りがいる。久男は北海道の炭鉱に働きに行こうかと思った。そうすれば彼の家はそれだけ配給量もへるが、ヤミで手に入れる食料が楽になる。

中学時代の友人で東京の郊外の大地主というのも何人かいた。しかしそういうことで友人を利用したくなかった。学校というのは、金持も貧乏人もいるし、父兄の職業からすれば利害の相反する者もいる。また、将来は敵味方や商売仇になるかもしれない者同士が、かりそめの平和を享受するのが学校である。友人と会う時だけは、そういう打算的な話をしたくはなかった。

炭鉱に行くことには抵抗はなかった。工場から軍隊で一年以上生活したおかげで、頭の方はともかく、体力については一般の勤労青年に劣らない自信があった。また軍隊での経験から、書かれた文字を読みとって、その通りに実施しうる人間は、いわゆる学生あがりを除いて数少いことも知っていた。だから炭鉱に行っても、最初の一月二月はつらかろうが、やがて文字の力を使って、炭鉱を広く見渡せる地位を見つけられると思っていた。

しかし父の鎮一は技術者であるためか、久男が肉体労働をすることに賛成ではなかった。また社会主義やマルクス主義を、情緒的に久男に教えてくれた母親のサトも、いざとなると久男が折角、軍隊から無事に帰ってきたのに、今さら危険な炭鉱に行くことはない、と言う。そのために久男は自分の両親にひ弱な中産階級のだらしなさを感じ、昭和の初めに軍人がインテリやホワイトカラーたちをなめたのも無理ないと思った。

大学生の中には北海道の炭鉱で働いた者もいて、キリハでは支えに直径三十センチもの坑木を入れても、岩盤の圧力で、ピシ、ピシと音をたてて、木の繊維がささくれになって飛び散り、岩片がはねる、といった話を聞くと、久男は危険というより、むしろ胸躍る感動を覚えた。すくなくとも教授の講義よりずっと感銘的であった。

食料がなくなると、軍隊から着て帰った軍服を着て、買い出しに行った。同じ服装のヤミ屋がいるし、これなら、汚れた所に腰をおろすこともできて気楽なのである。

久男が二十年の暮近くに、多摩川の南岸にまで足をのばして、サツマイモをリュックに一杯買って、駅までの数キロの道を歩いていると、後ろからジープが走ってくる音がした。彼は道端に立ち止ってジープをやりすごそうとした。ジープを運転している米兵に敬意を表したのではない。道が細いのに、米兵はやたらにスピードを出すし、その際、舗装していない道の砂利をタイヤがはねとばして、危険だったからである。

ジープは二三十メートル先まで走っていったが、そこでブレーキライトがついて、ザザと土砂を嚙んで止った。ジープの助手台から顔を出した日本人が、

「おい、太田じゃないか」

と久男に声をかけた。紺の背広などを着ているが川口だった。

ジープを運転していたのは赤ら顔の、牛肉のような肌をした米軍の中尉だった。いずれ南方を転戦して、こんな肌になったに違いない。

「乗れよ」

と川口が言った。リュックと一緒にジープの後部に乗ると、車は、バタバタ、ガタガタほろを風にはためかせ、それを支える鉄パイプを震わせて走り出した。

「おれ、今、進駐軍の通訳してんだ」

と川口が言い、それに答えるかのように米軍将校が何か言った。久男には彼の言葉のほとんどは聞きとれなかったが、ミリタリーアカデミイ（陸軍士官学校）という単語が聞きとれたから、川口と久男は士官学校の友人か、と聞いているらしいことは見当がついた。川口はそれに対して、

「いや、ハイスクールの同級生だ」

と中学をハイスクールと米国風に言った。それからジープの会話は英語になった。川口は、

「この先の火薬庫に日本軍が置いていった物のリストと現物のチェックをしているんだが、どうにも、リストの形式も英語も不正確で困っている」

「日本陸軍の兵員の責任感のなさの結果だ」

と米兵が口をはさんだ。それで同じような作業をしたことのある久男は気がとがめて言訳した。

「私も自分の部隊の武器などのリストを作ってきた。早く帰りたいし、上官に英語のできる者はいないから、欠点の多いリストを作った」

「そうか？」

米兵がニヤッとした。

「お前、擲弾筒《てきだんとう》を何と訳した？」

と川口はたずねた。その言葉の擲弾筒の部分だけが日本語だった。これは日本特有の兵器で、握り拳ほどの手榴弾を二三百メートル飛ばすのに使われる。性格から言えば臼砲《きゅうほう》なのだが、日本軍自体が謙遜して、砲ではなく筒と呼ぶくらいだから、臼砲（モルタル）と訳すのははばかられた。携帯用臼砲とするには迫撃砲の方がふさわしそうであった。結局、ハンドという単語が手という意味のほかに、手で持ち運び操作するというニュアンスがありそうで、ハンド・モルタルとした記憶がある。そういう事情を説明するほどの英語力はなかったから、彼はただ、

「われわれはハンド・モルタルと訳した」

と言うと、赤ら顔の中尉はゲラゲラ笑いだした。そして、

「あんな物で使い物になるのか」

とたずねた。川口が、

「あんたたちが考えているより正確だ」

と言い、久男も、

「うまい外野手がホームベースに投げる程度には正確だから、歩兵には効果があったと聞いている」

中尉は久男が外野手をアウターフィールダーと言ったのを、アウトフィールダーだと訂正して、射撃とは確率だというようなことを言ったが、久男にはよく聞きとれなかった。ジープに乗ったのは初めての体験だが、恐ろしく寒いものだった。十二月の曇り日の日で、兵隊服に古

レインコートを羽織り、リュック一杯のサツマイモをかついで歩いていれば、手は冷たいし体も温かいとは言えなくとも、寒いとは思わない。しかし、ジープのキャンバスのおおいからのすき間風が、日本の粗末な兵隊服を通して、直接肌を冷やす。

「ジープで走るのは寒い」

と言うと、中尉は、

「でも、日本はいい。おれの兄弟はドイツにいるが、ジープで走っていて、顔に凍傷ができたと言っていた」

「ところで、おれたちは立川に行くのだが、立川駅でおろそうか」

と川口が言った。

「そうしてもらえれば有難い」

立川駅に近づくと、川口が、

「待てよ、立川は駅で警察が買出しの検問をしているかもしれない」

と言い出した。当時、食料は統制だったから、主食として配給になるものを、リュック一杯ほども持っていれば没収される。

「イモだからいいと思うけれど」

「でもなあ。お前、立川についたら、何も持たずに切符を買って、ホームに上れ。リュックはこのジープで検問を突破してやる」

立川駅では検問をやっていた。久男は言われた通り、何も持たずにホームの外れで待っていると、中尉と川口の乗ったジープが、貨物の出し入れ用の門から駅構内に入り、何条ものレールの上を飛びはねるようにして越えてホームの近くにくると、川口がリュックを引き出して、久男にわたしてくれた。中尉も車をおりて、レンガほどの大きさのボール箱を二つ出して、

「昼飯に持ってきたのだが、食わなかったから」

と久男にくれた。

家に帰って、箱を開けると、乾パンとカンヅメ、インスタント・コーヒー、砂糖、クリーム、食後のチョコレートに、タバコ三本がキチンと収められていた。鎮一は旧軍需工場の疎開した工作機械の調査に群馬に出張していたので、米軍の弁当の一つを隆男にやり、もう一つを、久男は母親と分けた。そして川口と会った偶然を説明しながら、体力を頼りに炭鉱で働くばかりが能ではない、川口のように英語で米軍相手に金をかせごうか、と思った。久男たちは戦時中に教育を受けたから、六年くらいしか英語を勉強していなかったが、今日、ジープの中で、米軍の中尉の言葉が何とかわかったことで、久男も通訳くらいできるかもしれないと思った。そう言えば中学四年の時だったか、スペンサー・トレイシイが主演する『スタンレー探検記』で、スタンレーがリビングストンを発見したいきさつを英国の王立地理学会で演説する言葉が何となくわかるような気がして、何度か、その部分を中心に英語を聞きに映画館に通ったことがあった。

新年になって早々の日曜日に、久男は立川の駅の近くの川口の家に行ってみた。米軍の通訳

の仕事の内容や、条件を聞くつもりだったのだ。ジープをおりる時に教えられた川口の住所に行ってみると、そこは裏通りに面した商店風の家だった。人工御影石の壁面には石川洋服店と、かつては金文字をはりつけてあったに違いない跡が灰色に残っていた。ガラス戸には、立川高女指定、制服仕立という黒文字がまだ書かれていた。制服だけで生活していた洋服屋だったのが、物資不足で女学生が制服を作らなくなったので潰れてしまったのだろうか。あるいは仕立屋の主人は兵隊にとられて戦死したのかもしれない。

川口の家は、襖を取り払って、三間の部屋を一つにして使っていたが、それは一隅にある巨大な石油ストーブのためだった。その熱量は一部屋で使うには強すぎ、また、一部屋に一つずつ置くだけのストーブはなさそうだった。

「温かいなあ」

と久男は自分の家では暖をとるために、一番小さな四畳半の中央に掘りごたつを作って、一家四人が寝る時以外はいつもそこにいて、寒さをしのいでいることを思って、そう言った。

「うん、ストーブは兵営用のでこわれたのをもらって修理したし、石油はちょいちょい横流ししてもらう」

川口は、アメリカのタバコを何種類も持っていた。久男は用件をきりだした。

「おれも通訳やろうかと思うんだけれど」

「うん、やめろとは言わないけどね。学校の合間にという訳にはいかないぜ。おれみたいに、陸士は出たものの、卒業免状が役にたたないっていうのなら、仕方がないけどさ」

　そう言って川口は、彼が通訳になった事情を説明してくれた。

　川口の父という人は小学校の教員だった。独学で中学校の物理・化学の教員の資格をとり、四国の県立中学に赴任する、という時になって、長年の無理がたたったのか、喀血をした。肺結核になっていたのだ。当時は結核は不治の病と言ってよかった。そして二年ほどの闘病の後に亡くなった。川口が小学校四年の時であった。

　川口は秀才であった。というより、神童の誉れが高かった。そして、川口や久男たちの同級だった土方の父が大学までの学資を出してくれることになり、川口の母は土方の家の味噌・醤油工場で働くことになった。

「そうだったのか」

「うん。土方さんと言えば、福生《ふっさ》では泣く子も黙る家でね」

「行ったことある。やたらでかい家で、門を入って、広い石畳が母屋に続いている感じが、何かこう、国宝級のお寺みたいだった」

「どこから入った」

　と川口がいたずらな微笑をうかべた。

「どこからって……」

玄関で土方に会いたいと言うと、中年の女性が出て来て、倉と母屋の間の飛石伝いに、土方の部屋までつれていってくれた。その土方の部屋というのが、映画に出てくるお白州みたいで、部屋の前に広い縁があり、庭から縁に上るために四段ほどの木の階段がつけられていた。

「まず、あの玄関から入れるのは、知事、国会議員から上だな」

「へえ」

「次は内玄関から上って、奥の正式の客間に通される。その次は内玄関から、略式の客間。次は内玄関から上った先にある二十畳くらいの居間。これはもう、親類か、それに準ずる使用人。その次は内玄関に立って、立ち話。その次は倉の一郭にある、これは本当の事務室で、ここで話というより、指図をうける」

「じゃ、庭伝いに土方の部屋に行ったおれはどうなんだ」

「これは内玄関とも事務室とも関係なかったから番外だな。しかし、おれはそうじゃない。土方家の使用人の子だし、おまけに学費をもらってる」

「そうか。それじゃ、君は級長で、土方はおれと同じボンクラだった。君の号令で土方を動かしていたんだから、やりにくかったろう」

「うん。土方君も具合が悪かったと思うよ」

中学の武器庫で土方とチャンバラをしていた時、川口がサーベルを貸してくれと土方に遠慮がちに言っていたのが思いだされた。

「死んだ父の遺志で、おれも何とか東大を出て司法官になろうと思ったんだが、戦争で統制になり、土方の家は味噌を作らなくなるし、おふくろは飛行機工場の寮母になった。弟と妹がいて、これがあんまり秀才じゃなし。それでね、おれ、軍人になろうと決心した。衣食住全部支給して、小遣いまでくれる。海軍ということも考えたけれど、江田島は遠いだろう。陸軍なら日曜日に帰って、弟妹の世話くらいできる」

「偉いんだなあ」

ひょっとすると、川口は日曜や休暇の日は陸軍士官学校の制服をぬいで、土方の家で恩返しをかねて雑役に従事して、いくらかの金を得ていたのかもしれない、と久男は思った。

敗戦のころ、川口は陸軍士官学校を出て見習士官だったが、八月十五日付けで少尉に任官した。いわゆるポツダム少尉である。いくら少尉になっても、軍が解体したのだから、そんな肩書は紙屑同然であった。しかも彼は陸士の同級生のめぐまれた家庭の出身者のように、大学を受けなおすゆとりはない。母親が勤めていた軍需工場は解散こそしなかったが、徴用工と動員学徒を帰してしまうと、十年前の町工場に戻っていた。そもそも工場自体、米軍の爆撃で消滅した。

失職した母。中学四年の弟、女学校二年の妹をかかえて、川口はすぐにも働かねばならなかった。

陸海軍の将校は警察に入ればすぐ警部補にしてくれるという噂を聞いて、彼は警視庁に行ってみた。その噂はデマだということがわかったが、受付の警官が日本政府が通訳を募集していることを教えてくれたので、川口はその足で通訳試験を受けた。

「まあ、あのころはまともな人はそんな試験受けなかったから、おれでも通ったけれど、今じゃ難しいって言うぜ。それに、いやな仕事だよ。屈辱的でな」

「屈辱的って、ジャップと言われる?」

「ジャップはまだいいさ。グークというの知ってるか」

「知らない」

「グークと言われると、おい、そこのサルと言われてるみたいでね。この間、君をジープに乗せてくれたエプスタン中尉なんて、大学出だからね、いい方だよ。一番いいんじゃないかな。だから出世しないんだろうな。とにかく、通訳なんてのはすすめないよ」

　春になって、久男にもアルバイトの口が見つかった。父の中学時代の川原という友人が女性向けの雑誌を発行するというので、その編集の雑役だった。久男は川原がまだほかの出版社に勤めていたころ、彼に頼まれて、会社の引っこしの手伝いをしたことがある。

　戦時中、軍にとられたり、職場が変った人も多く、その上戦災、疎開などで、かなり親しい間でも連絡が途絶えていたということもあった。郵便や電話の事情が最悪だったから、敗戦後の一時期は誰でも、人と会えば共通の知人の消息を交しあった。

久男の父の鎮一と川原は中学の同級生というだけで、それほど親しい訳ではなかったらしいが、偶然、互いの消息が知れ、久しぶりに会った日に、丁度、川原の勤めている会社のビルが米軍に接収されることになって、三日以内の退去命令が出たとかで、その手伝いに久男がかり出されたのである。

最後に裸部屋になったビルの部屋で川原はごみを集めて焚火した。床はコンクリートだったし火事の心配はなかったが、ただささえ戦時中の手入れ不足だった白壁が見る見るすすけた。川原は原爆のキノコ雲のようにひろがってゆく煙と天井の汚れを見上げながら、

「なに、かまうもんか、アメ公はここに入る前に塗りなおして、床にもリノリウムか何か敷くんだから」

と言った。

その川原がビルの引越しから半年近くたった藤の花の咲くころに、久男の吉祥寺の家にやって来た。

「今日はおやじさんじゃなくて、君に用があってきたんだがね」

と久男に言って、今度、金主が見つかり、独立して出版社をはじめることになったので、ついては、久男に手伝ってほしいということだった。会社はさし当り、金主の自宅の応接間を使うということで、久男は渋谷の一高のそばにある大きな邸に、週に三度くらいは大学の帰りに寄って、雑務と翻訳をすることになった。

翻訳というのは、女性のファッション記事で、通信社から絵と一緒に送られてくる説明の英文を訳すことだった。本職の洋裁関係の女性の編集者もいたのだが、翻訳者のプライドにかけても、相談しにくいことがあった。

たとえばペプラムという単語があったが、そのころの字引きには、古代ギリシャ女性の上衣という訳しか出ていない。絵とくらべれば、それが腰のまわりにヒラヒラしているものだとわかる。しかしこれを腰蓑風短スカートと訳したら、ファッションの翻訳としては落第だろう。久男はこれは訳さないことにした。もっともここだけを訳さないと、わからないことがばれてしまうから、前後の単語もなるべく訳さないことにした。

「スリムなラインのイブニングですが、ウエストのサテンのペプラムでアクセントをつけてトロピカル・ムードを強調しています……」

ここまでカタカナで埋めてしまえば、そばに絵があるのだし、わからない方が悪いという感じになる。いささか良心が痛まないでもないが、別に秘密兵器の製造法ではあるまいし、これでいいと思った。

英語でマッチするという単語は、調和するとか、似合うという意味しか出ていないが、前後の関係から、同じ色、または共布を使うとしか考えられないことが多かった。いろいろ自信のないままに適当にやって、久男は触ったことはおろか、見たこともないファッションの頁を作った。最初に報酬をもらった時、つい先ごろ炭鉱夫になろうとしていた自分が、婦人服のファッションで金をかせぐといったことを、戦後の混乱と言うのだな、と久男は思った。

久男たちの作った婦人雑誌とスタイルブックは、敗戦後、雑誌や本とあれば何でも売れるという状態が続いていたから、販売面では好調だったが、久男としては、同じネタを使っている競争誌の翻訳が気になった。それを見ると、久男の翻訳もひどいものだったが、そちらも似たりよったり、いや、久男の自惚れかもしれないが、自分の方が大分とマシに思えた。

それでも、時々はまともにアメリカのファッションを調べるために、日比谷のアメリカのCIE図書館に通った。ここは米軍直営の図書館で、戦前は日本製の紅茶の宣伝をかねたスナックだった場所で、久男も中学のころ、何度か来たことがある。紅茶はやはり英国の方がよいように思ったが、ベルト・コンベヤのようなものにのせられたパンがトーストされ、サンドイッチになるのが面白くて、久男はこの店が好きだった。ガラスの多いモダンな建築だったが、図書館になってからは、冬になると学校は勿論日本のビルも暖房がないのに、ここだけは温かった。ただ、慢性の飢餓感も手伝って、この図書館に入ると、昔の香り高い紅茶や、厚い肉をはさんだホット・サンドイッチが思い出されて、久男は切なかった。

ある日、久男は「バザー」とか「ボーグ」を拡げてメモをとったり、クリスチャン・ディオールという新進の花形デザイナーが少年時代に易者からこの子は将来女で食うようになる、と予言されたといった「ライフ」の記事を読んだり、パリでも物資不足で、ファッション・ショーでモデルの靴下が買えなくて、絵具で脚にシームを書いてステージに出た、といった記事を、日本の話みたいだと読んでいた。ふと気がつくと、隣りに同じ大学の理学部の学生が、しきりに頭垢《ふけ》を頁におとしながら、部厚い本を読んでいた。活字がビッシリつまっていて、一隅にグラフがあり、活字のちょっとすいた所には、vとかtとかいう字を使った数式がある。学部は違うとはいえ、おれは金かせぎに、下らんことをやっているのに、こいつは日本の学問の遅れを取り戻そうとしている。こいつだって、同じ年ごろだから、英語を習ったといっても六年くらいのものだが、よく頑張ってるな、と久男はいささか肩身のせまい思いをした。久男は編集の仕事をする時はなるべく学生服を着ないで、よれよれのグレイのズボンに、ドブネズミ色のセーターを着ていたから、隣りの学生は久男を同じ大学の学生とは思わなかったであろう。久男は、

「ま、勉強の方はオタクに頼むわ」

と心の中でつぶやいて、クリスチャン・ディオールの記事にもどった。

三

この新しい出版社はスタートして半年とすこしという時期に、焼けビルを修理した都心に移ることになり、その資金のためか金主は渋谷の家を売ることになった。米軍の将校宿舎に徴用されなかったのがおかしいくらいの、上等な英国のコテイジ風の二階建てで、内部は薄暗いけ

れど、家具も壁紙も重々しく豪華な家だった。

これだけの家を現金で買う買手となるとヤミ成金か米軍相手にボロもうけをしている男だろうが心当りはないかと言われて、久男はふと川口を思い出した。川口は成金になってはいまいが、川口にきけば、そういう成金を知っていると思ったのだ。

立川の、川口の家に行ってみると、洋服屋の看板は塗り消されて川口工務店と看板がかかっていて、隣りの空地に砂利や土管やマンホール用の枡が積んであり、家の入った所が事務所、以前三間を一間にして使っていたあたりは、労務者の宿舎になっている模様だった。

川口とあるから、彼はまだここにいると思って事務員の女の子にたずねると、

「川口は今、福生の宮崎建設にいます」

と言って、地図を書いてくれた。

青梅線の福生で電車をおりて、地図の通りに歩いてゆくと、道の両側はいつの間にか米兵用のバーになってしまった。まだ明るいからネオンも飾り電球もついていないが、レビューの大道具みたいな作りの店が並んでいて、サンセット・ブルバール、ジャックポット、ピンナップス、ホット・ロッド、といった看板がけばけばしい。久男と同じくらいの年の若者が、入口を開けて、モップで床を洗い、雑巾でドアを拭いていた。

宮崎建設というのは、このバー街の一画を抜けて、麦畑になろうかというあたりに建った古アパートを、事務所に流用している感じの会社だった。隣りに畑をつぶした空地があるが、こ

こにも砂利などの建設材料が野積みになっていた。

旧海軍の、カーキ色の背広型の将校服の男に川口のことをたずねると、

「川口専務ですか。もう三四十分で戻りますからお待ちいただけますか」

ということだった。吉祥寺から片道で一時間半近くかかるのだから、また出なおすのも大変で、そのまま待つことにした。彼が待っている大部屋は、柱を残して壁をぶち抜いて作ったらしく、柱が仕切りのように並び、その間の大きな製図台に地図がひろげられ、壁には道路設計用らしい舗装の断面の青写真がかかっていた。

やがて川口が紺のダブルを着てあわただしく入ってくると、久男が来るのをあらかじめ知っていたのか、片手をあげて、

「や、どうも、ちょっと待っとって」

と言うなり、先刻の海軍服の男とあわただしく打ち合わせをはじめた。

「いや、そうじゃなくて、ウオーター・タワーの下の道。そう、あそこ。それから、BOQのヒーターのダクトが……。あれやったのどこだったっけ、青山？　あそこにそう言って……。それからリーファー・ショップにサルベージのリフレジェレーターが二台あるからね」

そんな言葉がとぎれとぎれに聞こえた。やがて久男の方に向きなおると、

「腹へったよな、うまいラーメン屋があるから行こう」

と言って、バー街のある方に連れだした。先程ここを抜けてから一時間ほどしかたっていな

いのに、すっかり生き返っていた。前に見た街の表情が、真昼の光の下で寝くたれている娼婦だとすれば、今は化粧をととのえ、着付けを終った娼婦だった。一つには冬のことで、夕闇が早くバー街の薄汚なさをかくし、電飾とネオンに照らされた部分だけが華やかに見えるということもある。もう勤務を終えた米兵が陽気にさわぎながら通りを歩いている。店先に立っているのは掃除をするボーイではなく、網タイツの脚をこれ見よがしにむき出しにしたスタイルのドレスや、ウエストを締めつけて、胸やヒップを大きく錯覚させる着付けの女たちだった。彼女らは久男たちは透明人間であるかのように目もくれなかったが、米兵と見ると、

「ハイ、チャーリー、ホエア・ユー・ゴーイン」

とか

「カモン、カモン」

とありもしないロープを手繰るかっこうをしてみせた。久男にとって、というより若い日本の男として、いくらか救いだったのは彼女らの多くが、あまり美人とは言えないことだった。ずんぐりした体型の、丸顔で平たい顔というのがこの街の標準型で、強いて言えば、服のデザインやパッドでごまかしているせいか、ウエストが細く、胸とヒップが平均の日本娘より大きそうに見えた。

しかし、中には美人もいた。スワニーという店のドアによりかかるようにしていた女は、ハイヒールをはいた身長は百七十センチはありそうな長身で、日本人ばなれした高い腰と、すら

りとした脚をしていた。ほとんど鳩尾のあたりまで切れこんだドレスからこぼれそうな乳房は軟らかそうだった。

真黒な髪をきれいに巻き上げて、額は広く、目は大きく丸く、鼻筋通り、口許もととのい、何よりも色が白い。こんな所で働かなくとも、映画に出ればたちまち大スターになりそうな美女だった。久男は思わず立ち止った。川口は彼の視線の先に気付いて、

「美人だろ。高峰三枝子に似てるけれど、目が大きいだけ、あの子の方がきれいだろ」

「あれで夜の女かい？」

久男は一瞬、これだけきれいな人なら、前歴はどうあろうとも結婚してもよいと思った。

「うん、あの店は黒人専用なんだ。どういう訳かな、白人はズングラした女が好きで、黒人が我々の言う美人が好きなんだなあ」

「あの女、元はちゃんとした家の……」

「顔や姿だけじゃ、どこのお姫さまかと思うだろ。しゃべらせてみろ、ひでえ新潟弁でさ、ソンダスケ、イヤダコテエ、とくるからな。ちょっと脳も弱い。飯食う所見ても、いい育ちとは言えないな」

「そうかなあ」

久男はまだ、彼女が現在の身の上をはじて、昔の境遇をかくすために殊更に汚ない言葉、粗野な態度をしているという思いをすてきれなかった。

「あの女、今、白いだろ。もう半年もすると黒人の相手をしてると黒くなる」

「そんなバカな」

「ほんとだよ。おれ、これでもこの町に一年いるからな。精液で黒くなるという説と、唾液だという説があって」

「だって、黒人だって精液は白いだろうが」

「うん、そうなんだが、リクツじゃないんだなあ、これが。あの女なんか、ひょっとすると白系ロシヤの血が四分の一くらい入ってるかもしれないな、体付きなんか白人だよ」

川口は近所の農家が納屋や物置を改造して、全国から集ってくるそういう女に貸しているが、あちこちで、黒いのや白いのやいろいろな混血児がうまれていると言った。母親が正規に転入して住民登録をしている訳でなし、うまれた子は完全に無国籍、というより、どこの国にも人間として登録されていないのだという。

「あれで殺されでもしたら、はじめて人間になるんだろうなあ。もっとひでえのは、白人のルテナントのオンリーだった女が黒人の兵隊とできちゃった。一度、黒人の味知ったら、女はもうダメだって言うからな。白人の将校が怒って、黒人を沖縄に転属させた訳よ。そしたら、女が白人との間にうまれた女の子を置いて、沖縄に逃げちまった。後に籍の無い二つの女の子が残ったんだ。そしたら、家主の農家のおやじが言うんだ。『仕方ね、飼ってやんべ。あの中尉、いい男だったから、この子もあと十五六年もすれば、ベッピンになんべよ。そしたらよ、おれのメカケにすっからよ、それまで飼ってやんべ』ああいう子がふえると、今にどういうことになるのかなあ」

ラーメン屋はこれから店に出るという女たちでにぎわっていた。店主は訛の強い日本語の中国人で、出入口に近い所に、手提金庫を前にして坐っていた。いずれ日本人でないという特権で米軍あたりからメリケン粉を横流ししてやっている店であろう。

確かにラーメンはうまかった。そばもスープも申し分なかった。久男が熱いそばをすすりこんでいると、黒ズボンに白いタキシードというバーのマスター風の男が、川口の肩をたたいた。

「あれ、いつごろ入りますか」

「あ、明日、サルベージの冷蔵庫が二台出ますから、一台、お宅に廻します。G・Eだから、品は間違いありません」

「そう、じゃ、よろしく」

タキシードはそのまま、外のネオンの中に消えていった。

「サルベージというのは?」

と久男が聞くと、川口は事もなげに、

「廃品を修理したやつのことでね、あいつのバーは冷蔵庫がほしい訳よ。ここん所、米軍のオンリー用の家がボコボコ建ってるけど、冷蔵庫がないんだよね。それでね基地《ベース》の施設内にある冷蔵庫のほとんど壊れてないのを壊れたことにして、廃棄処分にして修理したのを、米兵たちはPXの新品を買うのより、ずっと安く買う。だから、簡単になおるのでも、廃棄処分にしちゃう。そういうので住宅用には大きすぎるのを、バーなんかに流す」

川口工務店とか宮崎建設というのは、建設は表向きで、そういうことで利益を得ているらしいことは見当がついた。

ラーメンを食べ終ってから、渋谷の売邸の平面図と参考に写してきた十枚ほどの写真を見せると、川口は即座に、

「五万、いや十万くらいまでなら買う」

と言った。前の年、新しい貨幣に切りかえられて、古い金は一世帯月に五百円までしか引き出せないことになっていた。久男が出版社でアルバイトをするようになったのも、新しい円をすこしでも多くかせごうというためだった。だから新円で何万という金を出すと事もなげに言う川口に、久男は一瞬何と言っていいかわからなかった。

「君が買うのかい」

「うーん、何というかな。名義はおれだけれど、事情はそう簡単ではない。つまり、おれは、ここの米軍基地のインストールド・プロパーティ・メインテナンス・セクションのフオマンなんだ」

「言ってみれば、基地の営繕課の職長かね」

「ま、そういった所だ。その営繕課に出入りしている業者の一つが宮崎建設で、そこがおれに

役員になってくれ、と言うので、専務になってる」

「ばれたら困らないか」

「セクションのボスのキャプテンは知ってるよ。その方が話が通じていいと言ってる」

「そんなもんかね」

「まだすごいんだから。宮崎建設というのは社員が五十名ばかりで、いざという時に電気工二十名とか、配管工十五名という風に集めることは難しい。おれの死んだ父は、この辺で教師をやってて、その教え子の中には電気屋も、ポンプ屋もいる。最初のうち宮崎建設の役員としておれがそういう連中に話をつけていたのだが、面倒なので、川口工務店というのを作り、立川と拝島と福生に支店を置いて、そこで人を集めて、トラックで宮崎建設にいれる。つまり、フオマンのおれが工事計画をたてて、セクションのボスのキャプテンのサインをもらうと、宮崎建設の専務のおれが見積りをして、入札して、仕事をとる。すると川口工務店の社長として宮崎建設に人をいれる」

「ムチャクチャじゃないか」

「うん。しかし、もうけを一人占めにする訳じゃない。メインテナンス・セクションのボスはじめ下士官、兵たちには勿論、宮崎建設にも、父の教え子の電気工や配管工にも、ちゃんと報いなくてはならない。だから、入った金のどこまでがおれの金か、実はわからんのだよ。その家は従っておれの名義で買うが、おれの物という訳じゃない。その家には、女を置いて、米軍将校の接待用に使う」

「土方はどうしてる?」

久男はたずねた。川口は生活のためとは言いながら、徒手空拳、戦後の荒波そのもののような生き方をしている。しかし、彼に学費を出した土方は大地主だけに農地解放で困っているかもしれなかった。

「ああ、土方君」

川口は何故かちょっとつらそうな表情になった。

「彼は早稲田に行きながら百姓してる。あの家は享保のころからの大地主なんだけれど、最上の田二町歩と最上の畑二町歩は小作に出さずに、自分で作物を作れ、という家憲だったんだ。勿論、人を傭《やと》ってやらせるんだけれど、当主も奥さんも、子供も、三日に一度は田に出るんだよ。それで四町歩だけは農地解放にされずにすんだ。だから土方君は引き揚げて仕事のない人を傭って、一緒に野良仕事してるよ。あの家も百何十町歩とられて、一坪の売り値が盃一杯の酒の値段だってこぼしてたけれど、土地の大半が市街地と工場の敷地で、農地じゃなかったから助かったんだ。しかし今、借地料なんかいくらでもないし……。土方君、この間、田んぼで土おこしというのかな、カチカチに乾いたのを、鍬で掘り起こす仕事。あれやってたっけ。悪くてね、気がつかないふりをして、通ったけど……」

ラーメン屋の外に出ると、バー街の通りはもう米兵で一杯だった。スワニーの前には先程の美女はいなかった。と見る間に、彼女はまた店の前に出てきて立ち、腰をゆすりながら半歩踏み出した左脚の膝をゆっくり動かして、ベッドで男をむかえる姿勢を連想させるポーズをした。両手を腰にあてているし、軟らかいサテンのドレスだから、彼女が脚を拡げた姿勢になると下半身の輪郭は一瞬、ありありとネオンの下に浮き上ったかと思うと、目ばたきする間に、彼女は両膝をそろえるようにするから、ただのスタイルのよい女が戸口に立っているにすぎなくなる。

女の視線の先にはやせた黒人の下士官がいた。女がウインクした。それを待っていたかのように、兵士は一声歓声をあげて、女をジャガイモの袋のようにかつぎあげて、ドアを開けて店に入った。

「何だか、ひどく気にいったみたいだな」

川口がからかうように久男に言った。

「だって、美人だもの」

「よせ、よせ。おれの知ってる接待用の女の中にはドキッとするような美人がいるけれど、相手にしないことにしてるんだ。できればおれだって、土方みたいに稲を作っていたいよ。土地があれば……。そういう百姓生活を承知の上で相手になってくれる女じゃないと、信用できないんだなあ。こんな仕事をして、自分で言うのは何だけど……」

そんな話をして、バー街を歩いている川口と久男は、米兵やその相手の女たちにとって、存在しないと同じだった。女も米兵も二人に目を向けても、何もない空間を見ている表情しか示さなかった。

川口は駅まで送ってきた。

「グークと言われることの意味、いくらかわかったような気がする」

と久男が言うと、川口がうなずいた。

「うん。泥田をはいずり廻って働いている方が、屈辱的な思いをしないですむだけしあわせかもしれない。ヤツラは日本人の能力を過小評価してるよ。通訳だったころ、日本の労務者は兵隊上りが多いから、整列して番号言って、総員何名と報告するだろう。それを通訳しても、信用しないで、カウボーイが牛を数えるみたいに、ワン、ツー、と一人一人肩にさわって確かめる」

川口は陰惨なというより仕方がない顔になった。顔は笑おうとしているのに、目は泣いているようだった。

「基地に入ると、炊事の下士官が仲間に『グークを二十ばかり借してくれ。後始末が簡単だからな』なんて言う。炊事場に行くと、日本人労務者は、残飯をいれた桶にノラ犬みたいにたかってね。トリの脚のフライなんかで手のついていないのを、ポケットにかくすヤツがいる。多分、オフクロにやるんだな」

川口が恋人とか子供とか言わずに、オフクロと言ったことは、彼がこういう思い切った仕事にとびこむ動機を暗示していそうだった。

「アメ公たちは、残飯にたかっている日本人の労務者を笑いながら見ている。中には残飯の中に火のついたタバコを投げこんで気のきいた冗談をしたつもりになっているのがいる。残飯を手づかみで食っている労務者たちが、ほとんど日本の軍服を着ているのが情ないんだなあ。だからおれは、家にいる時でも、軍服は着ない」

川口は改札口の前まできても話をやめなかった。電車の入ってくる音がしたが、久男は川口をふり切るにはしのびなかった。

「クビナシっていうの知ってるか。アメ公は頭が悪いくせに、日本人を信用しないで、一人一人、数えるだろう。だから、一度、数えられたヤツが何度も列に並びなおして、人数をかせぐのさ。すると、川口工務店はもうかる。労務者は日傭いだけれど、顔ぶれはきまってくるだろ。その連中にボーナスくらい出せる。いつだったか、格納庫の屋根の修理に、千人も上ったことになって。いくら飛行機の格納庫で大きいったって、千人も乗ったら、えらいことだぜ。それを見て、おれヒヤッとしたけど、アメ公は気がつかないんだ。考えられるか。屋根屋が千人も屋根に上って修理するなんて。でもアメ公はグークの屋根屋だから、たかが雨漏りに千人もかかると思ってるんだろうな」

結局、渋谷の邸を川口が買う話は成立しなかった。そのことで川口は申し訳なさそうな電話をくれたが、久男としてはそれによって仲介料を取るつもりもなかったから、落胆もしなかったし、川口に裏切られたという気もしなかった。

しかし、そのころから、時々、川口は長い電話をかけてくるようになった。大概夜おそくで、川口の声は酔っていた。家中寝しずまっている時間だったから、広くもない家ではあり、久男は家族の手前、気がひけることがないでもなかった。しかし、川口がほぼ一方的にしゃべるだけだし、話が面白かったから、彼からの電話というと、椅子を電話のそばに持っていって、暗い中で長話の相手をした。暗い方が川口の話の情景がよくわかるのだった。

「やっぱりね、渋谷の家買っといた方がよかったかもしれない。府中の先の、多摩川ぞいの家が、この辺から近いから買ったんだけどね、ろくでもないことばっかりでね。この間はね、置いといた女がコックと逃げやがってね。女は基地の経理のカーネルのお気に入りだったし、コックは本物の南部料理とかいう、豚肉を蜜で煮くたらかしたみたいな料理のうまいヤツだったんだがね。困ったよ」

「それで、その大佐殿の御機嫌を損じたのか」

「いや、そこでいろいろ骨折って、かわりを見つけたのさ。その女をえらく気にいったのはいいが、この間、腹上死さ。女に言わせると、ユー・キリング・ミイ、ユー・キリング・ミイとわめいてたというんだね。ヤツラだってあの時に『死ぬ、死ぬ』とわめくやつがいるからほっといたら、ほんとに死んだんだって。夜おそく、おれんとこに電話してきたから、おれがMPの隊長に電話してさ。米軍だって、幹部が女の腹の上で死んだりすると具合悪いんだよな。憲兵《エム・ピー》の将校だけで始末した」

「酔ってたのか、その男」

「ああ、一日中、酒の切れたことのない男だった。相手ができるのはおれだけだった。よく言うだろう、物を食えば悪酔いしないとか、バターを食って胃の内壁に油をぬっておけばアルコールが急には血管に入らないって。おれに言わせると、あんなのダメさ。飲んだアルコールは、どうせ吸収されるのだから、早く出すことを考えたらいい、おれはもうガブガブ水を飲む。そして肝臓が分解しそこなったものでも何でも、小便にして出しちゃう。頼りになるのは腎臓ですよ」

久男は大学を出ると教師になった。そしていつとはなしに婦人雑誌の編集の手伝いもやめてしまったが、川口は相変らず、米軍を相手にもうけているらしかった。

「今日ねえ、ウオーター・タンクの中を掃除してた労務者が、掃除に使ったガソリンやシンナーに酔って、えらいことになった。タンクの中というのは密室同然だからなあ。ちょっと交替時間がおくれても、いや、おくれなくったって、外に出てくると、ボーとしたり、吐いたり、頭痛を訴えたりするんだが。今日はあやうく死にかけた」

「米軍宿舎を設計するんだけどね、彼らは料理用の熱に電気を使いたがるんだなあ。日本人だと、感電とか漏電とかの心配するだろう、煮炊きに使う電力って強いもの。それがヤツらはガスをこわがる。中毒とか爆発をこわがる。ガスのよさを力説しても施設の隊長は、米人は日本人みたいに厳密でないから、ガスは危険だと言う」

「日本人の方が厳密だというのか」

「うん、ストリクトという単語を使った」

「グークと呼ばれていたころから、いくらかましになったな」

「うん、機械類も、毎日点検する箇所、毎週、毎月、毎シーズン、半年ごと、年に一度、それぞれ手入れやチェックをする形式《フォーム》を使って機械一台ごとにその書類とチェックした責任者のサインが残るようにおれがしたら、司令官が気にいって、極東軍の全部隊にこの方式を実施したいと言ってた」

そうかと思うと、

「ギグって知ってるか」

と言ってきたことがあった。朝鮮戦争のはじまった翌年の初夏のことだった。

「サカナなんかをとる、何て言ったっけ、ヤスか、あのことだろう」

「そうだけどさ。日本のヤスとアメリカのギグは同じかなあ」

「何するんだ」

「食用ガエルを取るんだと。フロッグ・ハンティングが趣味なんだとさ、今度の施設の隊長。そんな遊びあるのかね、アメリカに」

「さあ。オポッサムとかいう夜行性のネズミを取るのが趣味という男の話は小説で読んだことあるけれどなあ。食用ガエルを取るなんて聞いたことないなあ」

「どこに行けば食用ガエルがいるかなあ」

「さあ」

と言いかけて、久男は石神井《しゃくじい》の友人が、近くの池に食用ガエルがいて、そのバウバウという鳴き声がうるさくて困る、と言っていたのを思いだして、その話をしてやった。

「へエ、そうか、サンキュウ、とにかく、ギグというのを作ってみるわ」

一月ほどして、川口から報告があった。

「今度の隊長、ソーントンと言うんだけどね、ルイジアナの出身さ。ギグを見せたら、これは正にアメリカのと同じだと言いやがんの。なに、ごく普通の、返しって言うのか、矢印型の穂先に竹の棒をつけただけなんだけどね、ルイジアナに竹があるのかな」

「カエルをどうやって取るんだ」

「それがさ。やっぱり、お前の言う通り、石神井の池の奥の方の池、あそこがよかったよ。米軍の懐中電燈で反射板が抛物線になって……つまり、何十メートル先まで光が散らずに平行に届くのがある。夜にね、おれがそれを持って、対岸を照らす。カエルってヤツは、岸を背にして、池の真中の方に向いているんだ。それとも電燈がチラチラするからこっちを見るのかな。おれはね、フラッシュ・ライトで照らしていると、カエルがいると目玉に反射するからね、そこで立ち止る。すると、ゴムの腰までの長靴をはいたソーントン大佐が、カエルを後からギグでぐさりとやる訳だ。カエルが小さくてダメな時は大佐が小さな赤いフラッシュ・ライトでお

「れに合図する」

「取ったのを食うのかい」

「勿論さ。あの脚をフライにするとうまい」

「うん、タータ―ソースで食うとうまい」

「困るのはさ、大佐はギグで一突きすると、そこにじっとしてるんだな。おれがそこにかけつけて、ギグを引き抜いて、カエルを入れ物がわりにしている米軍の寝袋にほうりこむんだけれどね。それが終って、ジープで基地に帰ると夜更けだろう。おれが福生から電車に乗ろうとしたら、警官につかまってね。とにかく、腹のあたりはカエルの返り血で真赤だし、なまぐさいし、警官が何か傷害事件と関係あると思うんだな、なかなか帰さないんだ」

「たいへんだなあ、君の仕事も」

「うん。それでね、おれ、そろそろ商売がえをしようと思うんだ。米軍はもうダメだね」

「もうからないのか?」

「うん、軍人が軍からもうけようとしはじめているからね。今の米軍は第二次大戦のころの米軍とは違うよ。軍隊というのは占領軍になって、戦わずに二三年もいると、骨抜きになるんじゃないかな。朝鮮での戦いぶりにも、沖縄や硫黄島にやってきた時の凄味がないもの。ま、パンパンとかおれたちが骨を抜いた訳だけど」

四

川口が米軍相手の仕事をやめる、と言ったのは朝鮮戦争の最中だったが、それきり久男は彼との交渉がなくなってしまった。新しい仕事をはじめて苦闘の毎日で、用もないのに中学時代の友人に電話をかけるゆとりもないのだろうと久男は想像していた。しかし、川口がバス会社をやって、景気がいいという話を、別の中学時代の友人から聞いた覚えがある。東京の西郊は東西に都心と郊外を結ぶ鉄道が発達しているが、南北の連絡が悪い。川口は南北に鉄道と鉄道を結ぶバス路線を作ったのだ。

そして、川口と連絡がなくなって、三十年ほどして、突然、川口運輸システム創立二十周年記念式典の招待状が久男の所に届いた。会社の記念式典などは行きたくもないが、クラス会のつもりで出席しようと思った。会場の会社の場所を確かめようと、招待状にあった電話番号でダイヤルを廻すと、はじめに女の声が久男の名と用件をたずねてきたが、すぐに川口に変った。

「やあ、しばらく、会社はね、いつか、君、来ただろう。宮崎建設というの、米軍相手のバー街のすぐそば。あそこだよ、よかったら来てみてよ。うん、そうだ。式なんか下らないけれどね、その日、ちょっと早目に来てくれないか。土方の所にお礼に行くんだけどね、あまり形式ばらない方がね、だから、君がいてくれるといい」

当日、久男にとって、福生の駅におりるのもほぼ三十年ぶりであった。駅をおりると貧弱な商店街とヤミ市があって、細い道が基地に続いていて、その途中に、けばけばしいというより、アメリカの場末をそのまま移したようなバー街の記憶があるのに、駅を下りた所は、大きな広場で、そこに、今では日本中どこにでもある巨大なスーパーやデパートがいくつか並んで、それぞれ広い駐車場と五六階建てのビルの大きさを競っていた。

かすかに覚えのある道を行くと、バー街に出たが、昼間ということを別にしても、そこには米兵の体臭も、アメリカの雰囲気も無く、ただの場末の飲食街になっていた。アメリカ的というなら、近ごろできの駅前のハンバーガー屋の方が、ずっとアメリカから輸入したての新鮮さがあった。

久男は美しい女のいたスワニーのあたりに行ってみた。まさか今も店先に彼女が立っていると思ったのではないが、店構えを見れば、当時とあの女のイメージがよみがえりそうな気がしたのだ。しかし、スワニーという店はなくなっていた。確かこの辺だと思うあたりは、ロング・ホーンという大きなステーキ・ハウスになっていた。三十年、一世代という年月にはそれなりの内容があったのだ、と久男は思った。

元の宮崎建設の土地には芝や植えこみのあるしゃれたビルが建っていて、パーティ用にテントが建てられ、建物の中でも社員が飾りつけに忙殺されていた。

門から玄関まで行かないうちに、モーニング姿の川口が出てきた。

「やあ、やあ、じゃこれからすぐ、土方さんの所に行こうか」

玄関の前にはベンツがとまっていた。ベンツはバー街のそばを通った。

「この辺すっかりさびれたねえ」

「うん。あのころ、この辺は基地で食ってたんだけど、今じゃ、基地が市の発展の邪魔になるという時代だから。米軍もすっかり貧乏になって、基地の外なんか出てこないもの。米兵の奥さんたちが、趣味と実益をかねて、体を売る時代だからねえ」

「スワニーという店、探したけれど、見つからなかった」

「ああ、黒人用のバー。あれはとっくに、六十年安保のころにはもうなかったよ」

「美人がいたなあ」

「美人？　ああ、そう、そう、お前が惚れた女か」

「あのころの女たちはどうしてるんだろう」

「あの女か、あれはその後間もなく……」

「いや、彼女に限らず、たとえば米軍の将校を腹上死させた女なんか……」

「彼女は、ええと、日本の男と一緒になって、吉祥寺で喫茶店を開いたけど、潰れて、男と別れたとか、郷里に帰ったとか……」

「今でも消息のあるのはいない？」

「いないね。それはあのころ、おれの仕事相手だった米軍の将校や下士官にしても同じだ」

川口が吐き出すように言った。

三十年前の福生は駅前通りこそ家並が続いていたが、その二三軒後ろは畠だったのに、今は東京のベッドタウンとして大きな広い道ができ、典型的な郊外住宅地になっている。ただ、土方の家だけは変らなかった。屋敷の北と東を川で自然の堀にして、あと二方を、板塀でかこってある。門を入った両側の倉庫や事務室も同じだった。ただ、倉庫の一部は建設機械をいれたガレージになっていた。

「土方さんとこじゃ、今じゃ、味噌・醤油より不動産とマンションの建設が中心になってるから」

と川口が車をおりながら、まわりを見廻している久男に言った。

土方が内玄関から出てきた。久男はつい半年ほど前、東京で彼と一緒に飲む機会があったが、その時は頭が薄くなっている土方を見てしばらくは、幼な顔を思い出せなかったのだが、今は見覚えのある家を背景にしているせいか、笑顔が中学時代そのままに思えた。彼はモーニングの川口を広い敷台のある玄関に案内した。

「いや、どうも、どうも、ここから入るのは生まれてはじめてだ」

と川口が言った。久男にいつか彼が、玄関から入れるのは知事クラスから上だと言ったのを思い出した。少年時代の彼は土方の家の金で学校にやってもらったのだし、彼の母は土方家の事務所で働いていたのだから、恐らく、玄関どころか母屋に近づくことも無かったのだろう。久男だって、中学生のころは庭伝いに土方の部屋に直接案内されたのだった。

「この玄関は偉い人じゃないと使わせないのだろう」

と言うと、土方は、

「そんなことあるか」

と打ち消した。今の土方はこの家の当主だからそう思い、その通り実行しているのだろうが、家族や分家の人々には、自分の地位の優越を確認したいためにも、客の種類によって待遇を変える習慣をそのまま持続したがっている人もいるに違いない、と久男は思った。

金泥で山脈と雲を描いた襖の部屋に通されると、川口はモーニングの膝を折って、

「おかげさまで、会社も二十周年をむかえることができました」

と頭を下げた。

「いや、おれじゃなくて、死んだオヤジだよ」

と土方は言い、川口は、

「今の会社を作るのに、土方の亡くなったおやじさんが、株主名簿の筆頭人になってくれて、それで随分、ほかの人にも出資してもらうのが楽になった。謙遜な人だったな。『土方の家の先々代も、甲武鉄道を同志と一緒にはじめる時は、まかり間違ったら、一族、乞食になる、そう思ってはじめたと言う。あんたも、それだけの覚悟でやれば、きっと成功する』そう言って励ましてくれたのを忘れられないな。土方の家とおれなんかじゃ、較べるのもおかしいんだけど」

川口の土方に対する堅苦しい態度は、昔、土方と久男がフェンシングの真似事をしていた時

に、サーベルを貸してくれ、と言った時のことを、久男に思い出させた。以前と同じように、土方は白けた顔になった。久男はそのぎごちなさを取りなすつもりで言った。

「でもさ、百億円でも十万円でも、全財産は全財産だからな」

土方の女房がお手伝いに茶と菓子を持たせてきて、そのまま、男三人の会話に加わった。

「太田さんは福生は初めてですの？」

「いえ、中学のころ、遊びに来たことがあります」

土方夫妻は中学のころから許婚の間柄で、久男は悪友にそそのかされて、学校帰りの彼女を見に行ったことがある。そのころの、色の黒いやせた娘の記憶も定かでないくらいだから、目の前の五十歳前後の夫人にむかって、実は以前お目にかかったことがありますとは言えなかった。

「それから、お宅にはうかがいませんでしたが、三十年ほど前に、川口の会社に行ったことがありました。その時、土方君は百姓して働いていたとかで」

「今でもですよ」

と夫人は言った。そして土方の方にチラと目をやって、

「お嫁に来た翌日、お舅さんと土方が脱穀したムギを蓆の上にひろげて干す仕事をやらされました」

「今じゃなさらないでしょう」

「そのかわり、百六十坪のこの家を毎日掃除させていただいております」

と皮肉っぽく夫人が言った。

「だって、こんな襖、人に掃除してもらって、破ったりしたら、取りかえしがつきませんもの」

「いや、これでね、結構補修がきくんだね」

土方は襖が裂けたのを上手に継ぐ経師屋《きょうじ》がいることを説明してくれた。

「元はね、この部屋、暖房なかったんだ。四五年前にね、あんまり寒いっていうんで石油ストーブをいれたら、えらいもんだね、襖が裂けてしまった」

「君ん所は冬でも暖房なかったのか」

と久男がたずねると、

「なに、生活している所は、ちゃんと温めてあるさ。しかし、ここは客間だからね。だから昔と同じで、火鉢だけ。それでも大正の中ごろに縁側にガラス戸が入ったからまだいいんだ。それまでは座敷と外は障子紙一枚だもんな。あとは手あぶりだけ。こんな部屋でもてなされた客は楽じゃなかったと思うよ」

ちょっと変った庭だった。遠景は欅と櫟《くぬぎ》だが、近くは農村の自然をそのまま縮小して作ってある。池のかわりに田があった。桑畑も茶畑もミニアチュアのような形で作られ、武蔵野の平野と水の湧く谷——この辺ではくぼと呼ぶのだが——や丘陵を示していた。その庭と、これは本物の白壁の土蔵がよく調和していた。

「変った庭だね」

「うん、この家を作ったのは曾祖父だが、一緒に庭も作ったんだな。百姓だから庭も百姓風でなくちゃと言うんだ。ここの稲と麦は当主が作るんだ。桑と茶は主婦が摘んで、蚕を飼い、茶を作る。ま、マネゴトだけれどね。おれも子供の時から手伝わされた」

「それで、君は、戦後、農業やってた」

「うん。あのころは、あれやってれば食えるもの。復員の失業したのがいくらでもいたから、手伝ってもらって。そりゃ、川口君みたいにはもうからんけれど。とにかく、うちの家訓は、土方の家は百姓だから、百姓をしない者は家におかないってことなんだ」

縁側に出て庭を見ていて、久男は妙なことに気がついた。敷居に雨戸のための溝が切ってあるが、その外側にレールがあって、ガラス戸が入っている。

「雨戸の外にガラス戸というのは珍らしいな」

と久男が言うと、土方が、

「うん、大概の人は驚くんだよな。でも祖父はガラス戸なんて正式なものじゃないから、家族の居住区はともかく、お客の部屋には失礼だと言うんだ。それでね、正式の客が来た時は、敷居・鴨居ごと、いつでも取り外すというんで、外につけたんだって」

「へえ、ここに来た泥棒は驚くだろうな。ガラス戸を破ったら、中に雨戸があるなんて……。でも、こういう庭をぼんやり眺めて何時間もいられたらいいなあ」

「奥さん、太田のヤツ、こんなことを言いますけどね」

と川口は急にからかうような口調になって、

「こいつね、駅向うのバー街のスワニーという黒人用バーの女に惚れましてね。今日も、あの女、どうしたろうなんて、悲しそうな声出しやがって……」

「まあ」

夫人の声は笑っていたが、底にちょっと久男を非難する響きが感じられた。彼女は確かに少女時代から土方と許婚の関係だったが、戦争でそんな約束も御破算になりかかり、大地主だった彼女の家は農地をすっかり取られて、生活にも困り、米兵から彼女が求婚されていると聞いて、土方が改めて結婚を申しこんだという話を、久男は前から聞かされていた。そんな因縁のために、彼女は米兵や米兵を相手にする女に対して、無心になれないのかもしれなかった。

「ぼくは、本当は奥さんに会ったことがあるんです。奥さんが女学校二年くらいかなあ、土方をそそのかして、日野の駅で待ち伏せしたことがある」

「本当ですの？」

彼女は本当に疑わしげな顔をした。

「でも、土方が奥さんを待ち伏せしたことは何度もあったでしょう」

「それはまあ、ありましたよね？」

夫人は土方の顔をのぞきこんだ。土方は年甲斐もなく、黒い顔を赤くして、

「バカ、そんなことあるもんか。日野に行ったのは、村野、知ってるだろう、砂川市長、あい

つの家に遊びに行ったんだ。お前バカだな、太田にからかわれると、すぐに真にうける」

川口がまた、改まった声になった、

「奥さん、お父上のお位牌におまいりさせていただけませんか」

「え、どうぞ、どうぞ」

と夫人が目で土方の許しをえてから、川口と一緒に姿を消した。庭の縁側には、土方と久男が残った。

庭の田は稲が五十センチほどに威勢よくのび、麦は黄色く熟れていた。きれいに刈りこまれた茶畑は築山を飾っていたし、櫟のそばには桑の木が、若々しい緑の葉をつけていた。

「今でも、稲と麦は君が、桑と茶は奥さんが作るのかい?」

「そうだよ」

土方が縁側にあぐらをかいた姿勢で、何を今さら、と言う風に答えた。

「農地解放や、相続税で、昔より貧乏になった、という感じはあるかい?」

「ないね。そりゃ、農地解放はひどかったよ、田一坪の値段が、盃一杯の酒の値段だからね。死んだおやじはよく、今日は客と一緒に二反分も飲んでしまった、なんて言ってたもの。だけど、戦前のこの辺、田にしろ、畠にしろ、安かったからね、戦時中、飛行機工場ができて、その土地をウチで貸した。ウチの畠を潰して住宅を建てた。これは取り上げられなかったからね、戦後も。この辺、土地の値が上ったから、土地の面積はへったけれど財産はふえたんじゃないかな」

「じゃ、君の所の暮らし向きは昔と変らないのか？」

「変らないね、何にも」

土方は溜息と共にそう言った。そして、

「だけどね、おれはね、小学校入った時からずっと、今に至るまで、川口に劣等感を持ち続けてきたなあ」

土方はそこで急に立ち上ると、いささかわざとらしい大あくびをして深い息を庭の方に吹きかけた。


〈昭和56（1981）年「文藝」11月号 初出〉

解剖

一

十年近く前になるが、拝島市長室から電話があった。久男が、

「太田ですが」

と言うなり、受話器から、

「マヌケ、トンチキ、テメエのカカアの書くもんくらい目を通しておけ、この大ウスバカヤロウ」

と罵声が耳にとびこんできて、彼は怒るよりも、はて、これはどういうことだろうかと面くらった。

「テメエのカカアの書くもん」と拝島市の関わりと言うと、久男の妻の加奈子がそのころ新聞に書いたエッセイしか考えられなかった。拝島市は多摩川、秋川、平井川などの合流点付近の平地の新興住宅街を中心とする市である。ここに、かつての河川敷で、堤防が完備されてからも、元遊水池として国有地になっている土地がある。この処分に関して、加奈子は新聞で発言した。国が主張するように、ここに障害者用の施設を作れという趣旨のものだった。

この広大な土地は遊水池としては過去百年も使われていなかったし、砂利や砂の採取場として一部利用されたものの、農地にするには沃土《よくど》を客土しなければならないとあって、原野と雑木林のまま、つまり昔の武蔵野の面影を濃く残した状態で放置されてきたのである。

荒れ川の合流点によくあることだが、昔から河流がよく変った土地だから、ここには集落も、従って道路も発達せず、三多摩地区の臍《へそ》のような場所なのに、一種のブラックホールを形成していた。国が刑務所や心身障害者の施設、肢体不自由者のリハビリテイション・センターなどを作ろうという計画を発表すると、この土地を区域内に持つ拝島市はその反対運動をおこすと同時に、市への払い下げを働きかけはじめたことは、久男も新聞で知っていた。

国の作る施設建設に反対する理由は、囚人だの、障害者だのという人々の施設ができたのでは、美しい自然環境が破壊される、というのであった。しかしその裏には、障害者に対する理由のない嫌悪感、刑務所という言葉からくる暗いイメージと拝島市を結びつけられることへの拒否感といったものが感じられた。

久男の妻の加奈子は心理学者で、家族、友人などの人間関係、それに起因する心理的トラブルなどについて、よくマスコミに文章を発表していて、丁度、週一度のコラム欄を持っていたから、拝島市の施設建設反対運動を批判する文章を書いた。要するに体の不自由な人のための施設に反対する人は、心の不自由な人と呼ぶべきであって、彼らは反対するよりも、不自由な者同士、互いに助けあうべきである、という趣旨だった。久男も文芸評論からはみ出して、社会評論めいたことも書くが、人を批判する時は、この程度で止める。しかし加奈子は女だからもう一歩踏みこむ。男は土俵の外に押し出したら、それで満足するのに、女は水に落ちた犬に石を投げる。加奈子はその文章の末尾をこう結んでいた。

「体の障害は何よりも当人が自覚するので、周囲が協力的なら、社会に十二分に適応して、逆に健全な者が彼らの働きによって恩恵をうけることもできるのに、心の障害は当人に自覚症状がないために、このような笑う気にもならない泥くさい喜劇がおきるのである」

拝島市長室からの電話が加奈子を呼び出して罵倒する、というならわかる。何も夫である久男を巻きぞえにすることはないはずだ。しかし、お前のカカアという言葉がヒントになって、これは中学の同級生か上級生だと久男は見当をつけた。久男は当時、都下にたった一校しかなかった立川の旧制の公立中学を出た。三多摩地区の地主、実業家、政治家、地方自治体の管理職、神主、住職、小中高校長の二、三十パーセントはこの中学の卒業生である。

久男が当惑し考えている間にも、罵言は続いている。

「東京なんかにいて、何がわかる。テメエのケツの穴に指つっこんで、よく考えてみろ、この大ウスバカヤロウ」

まともな人間なら口外するのをはばかるような言葉を聞いているうちに、あ、これは同級生だった大石だと気付いた。そう言えば、大ウスバカヤロウというのは彼の造語である。

「大石か、お前」

「ああ」

そこで一呼吸おいて、声が一段低くなった。

「養子に行って、関という名になった」

「で、拝島市長室の室長か?」

「いや、市長だ」

「市長? お前が!」

「おお、もう二年目だ」

「へえ」

「だからな、あの土地は国に使われたくない」

「しかし、施設建設反対、というのは時代錯誤だぞ」

「だから、お前は大ウスバカヤロウなんだ。あんなもん作ったたって、市はもうからん。おれはあの土地を、市の財源になるような使い方をする」

「青梅の青梅マラソンみたいにか」

青梅マラソンをはじめた当時の青梅市長も久男たちの同級生だが、彼は後に、国会に出ることになる。

「バカ、あんなもん。年に一度、物好きが集って走っても、市の財布にプラスになんかなるものか。水道の水をガブ飲みされるだけソンだわい」

「じゃ、何やる」

「国や都から助成金もらって、武蔵野を再現する」

「助成金で再現するったって、お前、あそこは百年間もほったらかしだから、そのままで武蔵野じゃないか」

大石はグッとつまったが、

「バカ、バカ、バカ、何ぬかす。あそこにだな、庄屋屋敷なんかを移築してだな、昔と同じ農家、養蚕、麦畑なんかを作って、武蔵野公園を作る。農家や庄屋屋敷には泊れるようにする。勿論、古い方法で茶や生糸も作って、実演して見せる」

「うん、まあ、そういう仕事を業者にやらせれば、市長も市役所も、市会議員ももうかるなあ」

そんな悪口を言いながら、久男は芥川の鼠小僧を扱った短篇で、桑の枯枝と秩父連山を描写した冬の武蔵野の、短いけれど的確な文章があったのを思い出した。そういうイメージは久男の少年時代のいくつかの心象風景にもつながるものであった。

「それだったら、絶対に車椅子と大八車以外は入れちゃいけないし、道も舗装しちゃいけないな。で、いつごろの時代を再現するんだ」

「そうだなあ。今の時点で道具や写真や現存の人物もいて再現可能な時代というと、独歩の『武蔵野』時代から大正の初めだな。それだって、もう六十年以上昔だもの」

「うん、そりゃ、面白いかもしれないな」

「だからさ。お前、女房にヘンなこと書かすな」

そこで急に電話に小さなほかの声が入って、その声に対して、大石が、「わかってる、わかってる」と言う、やはり小さな声が聞こえた。やがて、とってつけたような大声で、

「それじゃな、近いうちに一杯飲もう」

と言って、大石は一方的に電話を切った。

加奈子は丁度、在宅していて、拝島市の市長室からの電話というので、これは自分の文章が関係していると見当をつけたのか、電話器のすぐそばにいた。

「何なの？」

「拝島市長がおれの中学の友人でね、君の例の施設反対運動についての文章を検閲しなかったのがけしからんて」

「なんてことを。あなた、それで黙ってたの」

「うん」

「そんなことに消極的になっちゃダメよ。大体、あたしの文章のことで、あなたに言ってくる、というのがおかしいでしょう」

「しかし、論争しない方がいい。負けるよ、相手は東大の教授ではない」

加奈子はその頃、東大の経済学の教授と経済の分野で対談したのだが、それが論争の形になって、相手を完膚なきまでに論破したことがあった。

「論争なんかしませんよ。でも、市長という人はそんなに理論的にしっかりしてるの？」

「いや、逆でね、論理も何もないから、君は負けるよ」

久男は、大石——今は関という名前だと聞いたが——と加奈子の論争を聞いてみたいような気がした。アメリカ風の行動主義の心理学と、精神分析学とを融合させようとしている加奈子が、大石の「ケツの穴に指つっこんで考えてみろ」、といった式の罵倒を浴びせられたら、どうなるだろうか、と思ったのだ。

「とにかく、メチャメチャなようで、筋を通すのがうまくて、しかも、どこか本質的に日和見《ひよりみ》主義で……」

たとえば電話で頭ごなしに罵声を浴びせたのも、大石はそばにいる者に聞かせるためだったかもしれない。あるいは、なまじ武蔵野を再現したい、などと下手に出て、それくらいなら障害者用の施設の方が世のため人のためだ、などと反論させまいと、まず久男が当惑してしまう言葉をわめきたてたとも考えられる。

大石は中学のころから、人を罵るのがうまかった。たとえば大ウスバカヤロウ、などというのは傑作と言ってよい。

久男たちが受験したころ、区部の者にとっては、その中学は府立の中ではやさしい学校だった。学区制以前だったから、一中、四中、六中など受験名門校に区部の秀才たちは進学した。そのほかにも、七年制高校というのがあって、ここも秀才を集めていた。しかし久男たちの中学は三多摩の出身者が中心で、学力的には区部より劣るとされただけに、彼ら農村部の者は小学校では学年で一番だった、二番だった、という者ばかりである。だから彼らは、自分たちをバカだとは思っていない。それだけの自信があるから、大バカヤロウと言われても腹を立てない。バカ、それもごく程度の悪い大バカであるはずがないからだ。

しかし、ウスバカとかウスラトンカチと言われると、カチンとくる向きもある、小学校の一番、二番が中学に来て、五十人のクラスで十番くらいにまでいるなら、それほど自尊心は傷つかない。しかし、二十番、三十番となると、自分が自惚れ、両親が期待し、小学校の先生が励ましてくれただけの能力は自分にはないのでは、という不安が頭をもたげてくる。ウスバカというのは、一見、一人前のようでいて、実は人並の能力のない者ということだから、一応は秀才に見せかけても、実は鈍才ではなかったか、と悩みはじめた少年に対しては痛烈な悪口になる。それに大をつけることによって、極めつきのウスバカになる。区部から来ている、いわゆる合理主義的な家庭に育った少年が大石に反論したことがある。

「大ウスバカというのは、黒い白馬というのと同じ論理的矛盾がある。大バカかウスバカのどちらかにすべきであって、大とウスは互いに両立しえない形容だ」

それに対して、大石は事もなげに言い放った。

「そういうのを大ウスバカと言うんだ。大とウスとバカを分ける必要はない。一続きに大ウスバカヤロウさ。お前にピッタリだろう、この、大ウスバカヤロウ」

大石は重久という名前だった。その字面から受けるほど重厚な人柄ではなかったが、大柄な体に、ブカブカの制服を着ていた。中学の制服は、元々服地に規定があり、それを注文する服屋も指定されていたが、久男が入学したころには、大陸で戦争がはじまっていて、そろそろ物資と洋服などの職人が不足しかけていた。それで制服についての規則はかなりゆるめられた。そうなると、東京の区部から通っている生徒の服は、どことなくスマートだし、三多摩出身者のは野暮ったくなる。中学も三年になるころには、服を見ただけで、区部のホワイトカラーの子弟か、三多摩の自営、地主層の子弟か見分けがつくようになっていた。

久男たち区部の者——厳密には、久男の家のあった吉祥寺は、都内ではなかったが——から見ると、三多摩出身者は全部同じに見えたが、彼らにしてみればいろいろと都鄙《とひ》の差があるようだった。大石が五日市から来ている同級生をののしっているのを聞いたことがある。

「お前らみたいに、ガキのころからサルと栗の取りっこして育ったのとおれたち八王子のモンはうまれが違う」

「五日市にサルがいるか、檜原村《ひのはら》に行きゃいるけど」

「サルにゃな、檜原と五日市の境がわかんねえのよ。人間もな、檜原も五日市も同じよ。人三サル七だあ」

久男は聞いていて笑いだしてしまった。

「八王子から見れば五日市と檜原が同じなら、東京から見りゃ八王子も五日市も同じだぜ」

「バカ、八王子はお前、市よ。東京だって市よ（当時、都制はまだ布かれていなくて、東京府、東京市だった）。言葉だって、ドン百姓たちは、ダンベエだもんな」

「八王子だってそうじゃないか」

「違う。よく聞けよ。百姓どもはな、ソウダンベエとくるもんな。八王子は市だからな、ソダぺと軽くいくんだ。ソウダンベエ、ソダぺ、な、八王子の方がスマートだろ」

そう言いながら、大石も笑いだした。

大石は機嫌のいい少年で、勉強はしないから、成績の方は秀才のグループには入れなかったと思うが、大ウスバカヤロウに限らず、流行語や隠語を次々にひろめた。いずれは落語全集あたりから仕入れたと思われるが、たとえば、

「太田はフンドシの川流れだ」

などと言う。訳を聞くと、杭(食い)にかかったら離れない、というのであった。空家の便所、というのがあって、これは、「たまらない」という意味であった。きれいな女学生を見ても空家の便所なら、中学の食堂のカレーで肉が五切あったことも、不意試験で零点をとるのも全部、空家の便所なのであった。

二

八王子をも含めた西多摩郡には石川という姓は多い。しかし土着民で大石というのは珍らしいと言ってよかった。久男は、彼とは二年生、三年生で同じクラスだったが、身長の関係で席が近いこともあって、彼の姓について質問したことがある。

「大石という姓は石川と関係があるのか」

「さあ、どうかなあ。おれん所はさあ、祖父が生糸でもうけて、八王子に出てきて機屋《はた》をはじめたけどさ、明治までは百姓だから、名字なんかなかったはずだ。なんでも、先祖に大石という人がいたというので大石と名乗ったと言うんだが、祖父が忠臣蔵にこって、大石良雄にあこがれたのかもしんねえな」

そんな会話をするようになったについては、二人が共犯者意識を持つようになった体験が積み重なったからである。それはたとえば、ドロシー・ラムーアという肉体女優が南洋の原住民の女という役でセミヌードで活躍する映画をあかず眺めた、といったことだが、その最初は、二人で同級生に暴行を加えたことだった。

中学の二年にもなると、久男の性器は一応の髭を備えていたが、彼は自分の性器が異常なのではないか、という不安を払いきれなかった。それはペニスの裏の、銭湯に行って他人の物を見て判断することのできない部分に関するものであった。そこが表側と較べて複雑な形をしていて、自分の体は不健全なのではないか、と気になりだすと、居ても立ってもいられないほどであった。

要するに多少の異常はあっても、いざという時に機能すればよい、と自分を慰めても、その実験が何年先に行なわれるかわからないのだし、それまでの歳月を、この不安を抱いていることは耐えられそうになかった。

杉田玄白たちのターヘル・アナトミアではないが、他人を解剖して調べるのが一番だが、弟の隆男を調べるのは危険だった。すぐ親に言いつけるし、第一それが欠陥であったとすると、兄弟は同じ欠陥を遺伝している可能性は高いのである。

クラスに木下という少年がいて、彼は身長も一番低かったが、中学三年になってまだボーイ・ソプラノを保っていた。教師の冗談にワッと笑う時、一人だけ女性が混っているかのように、木下の声が華やかに響きわたった。それは声変りして、性を意識した久男たちにとって、悩ましいとは言えなくとも妙に心をいらだたせる声だった。

「あいつな、毛がはえてると思うか」

と、木下のソプラノが英語のリーダーを読んだ後で大石がたずねた。

「さあ、どうだろう」

「あいつ、おかしいんじゃないか。いつか調べてみるか」

「そうだなあ」

別に約束し、計画した訳ではなかったが、その機会は意外に早く来た。

その日、午前中最後の時間が武道だったから、誰もが授業が終ると急いで服を着かえて弁当を食いに行ったのに、大石は、

「おい、太田、ちょい、ちょい」

とロッカー・ルームの隅に久男を呼んだ。彼はどこで手に入れたのかアンパンを一袋持って

いた。汗で濡れた柔道衣がむれないように、ロッカーはすべて金網になっていた。それでも発酵した汗のにおいが立ちこめていて、物を食べるのによい環境とは言い難かった。甘味としては、午後三時から食堂で売る汁粉以外は許されていなかったので、アンパンを食うなら、トイレか部室、ロッカー・ルームということになる。

「あ、何してんだ、アンパン食ってやがる。先生に言ってやろ」

ボーイ・ソプラノがひびいた。

「待て」

大石があわてて立ち上った。柔道の教師は暴力は振わなかったが、規則違反をした生徒に「特別稽古」をつける。まともに立ちあって勝てる相手でないし、十分間も投げとばされると、全身の肉は打撃を加えられてブヨブヨになり、骨まで軟骨になったようで満足に立ち上れないというのが体験者の話であった。アンパン二三コ食っただけで特別稽古をつけられたのでは、昼は食欲はなくなるし、午後の授業だってまともに出られない。それこそ、空家の便所だ。大石があわてたのも無理はない。

「言ってやろ、言ってやろ」

ソプラノがはやしたてた。

大石は木下をつかまえると、柔道衣の帯で手早く、両手をしばりあげ、あお向けに転がした。木下の胸の上に尻をのせて、相手の両手の肱を、自分の足でおさえつけた。

「太田、やれ」

久男も木下にとびかかると、ズボンのベルトをゆるめた。勿論、木下は両脚を必死に蹴上げたが、膝まで引き下したズボンの上に久男がのると、彼はもう両脚は動かせなかった。白いパンツの性器のあたりは尿で黄色いしみがついていた。大石が紐をゆるめて、

「そっちに引っぱれ」

と久男に指図した。

木下はもう一しきり、二人の同級生をはねのけようと暴れたが、それに失敗すると、諦めたのか、おとなしくなった。

「おう、もう生えとるわ」

と大石はうなり、久男はゴム製の乳首のような性器をしごいて、あ、おれはやはり健全だった、とホッとした。

縛った手をほどくと、木下はそのままうつ伏せになって、すすり泣きだした。丸出しの白い尻が子供のそれのようだった。大石は、

「先生に言いつけるなんて言うからだ。ざまみろ」

と言って肩をゆするようにして歩きだした。久男は黙っていたが、「特別稽古」をされても構わないくらい、心が爽やかだった。これでもう安心して正々堂々と女学生を見つめたり、彼女らをデブだのやせすぎているのと、品定めをする資格ができたと思った。

木下は先生に言いつけなかった。後難を恐れたと言うより、そんなことをすれば、自分の屈辱を公開することになると思ったのだろう。しかし、久男と顔をあわせても、口をきかないのは当然としても、ついと顔をそむけてしまうのだった。そして、まるでその暴行が引き金になったかのように、木下は急に声変りして、ボーイ・ソプラノは聞こえなくなってしまった。このことが話題になった時、

「お前の一しごきがきいたんだなあ」

と大石は小声で久男に言った。

三年の一学期の試験の終った土曜日、大石と久男を含めた何名かは図書室の掃除を割りあてられた。特別教室や図書室などの掃除は一二三年生に割りあてられていたのだが、試験中はこれらを使うこともなかったので掃除はしなくてよかったのに、暑中休暇に入るというので、この日、掃除をすることになっていたのだ。

採点が早くすむので試験の最終日の課目は、代数と英文法の二科目だった。本来なら午前中に家に帰れるはずだったのに、当番にあたって大石も久男も不満だった。第一、図書室は汚れてなどいないのである。精々で本棚や机、窓枠などの埃を払い、床に油を引くだけであった。乱暴に書棚にはたきをかけていた久男は、厚みが充分になくて横倒しになっていたパンフレットの、はがれた表紙を床に払いおとしてしまった。

それを元に戻すはずみに開いたそのパンフレットに、大石信重、定久、といった字が目にと

まった。重久という大石の姓名と似ている。

「おい、大石」

と呼んで、そのあたりを指で示した。

「あれ、れ。そう言えば、おやじもおじいも名前に重の字がつくぜ。何だこりゃ、へえ、二宮神社の歴史」

ち切れた表紙を見ると、表題は「三多摩の神社仏閣」とあって、作者はペンネームであろうが武蔵遊士とあった。そして、久男と大石が読んでいるのは、東秋留《ひがしあきる》にある二宮神社の項なのであった。

それによると、足利尊氏の家臣に大石信重という武士がいて、新田義貞の追討に功があり、領土をあたえられて、今の二宮神社の地に館を構えた。その子孫は戦国時代に小田原北条に攻められ、大石定久の代に、北条氏康の弟、氏照に娘比佐をあたえて、家督を譲った。氏照は一時大石源三と名乗ったものの、すぐ北条氏照に戻り、失意の定久は五日市で死んだとある。

比佐の兄弟がいても、彼らは恐らく僧にでもされたのだ。彼らは北条氏が秀吉に滅ぼされ、氏照が切腹して死んだ後に還俗して、細々と大石の姓と重や久のつく名を伝えたことは想像に難くない。大石重久がこの家系の子孫であれば、足利尊氏は逆臣ということで、墓などは狂信的愛国者に粉砕される時代だったから、その家来で、南朝の忠臣、新田義貞追討に手柄があった先祖など、親は子供に言わなかったことも大いにありうることだった。

「そうか、そう言えば、おじいが我が家は由緒ある家だと言うくせに、いざとなるとうやむやにしていたが、してみると、逆賊の子孫なのか」

と大石は戸籍で自分が私生児であったことを知ったような深刻な顔をした。

「うん、それだから木下を解剖したりするんだなあ」

と久男が冗談を言ったのに、大石は笑いもしなかった。二人はそれからまじめに掃除をやったものの、十一時すぎに下校すると、大石は突然、

「おれ、なんだか二宮神社に行ってみたくなった。つきあわないか」

「うん」

五日市線の一輛きりのガソリンカーは丁度昼ころということもあって、客はほとんどなかった。元々この線は拝島まで青梅線とほぼ平行しており、そちらに客をとられて客はすくなかったのだ。暑かったからすこしでも風をいれたくて、電車が動きだすと大石は電車の窓すべてを開け放った。電車の中には明るい陽光と一緒に草いきれや牛小屋のにおいが流れ、河をわたる時は水面に反射した日光が白い天井に波紋を映しだした。

二人とも、これから夏休みというので、すっかり開放的な気持になっており、東秋留におりると駅前のそば屋で親子丼と冷麦を食べた。

二宮神社は五日市線の線路と五日市街道にはさまれた位置にあり、西の関東山地からの稜線が平地に接する先端に建立されていた。多摩川や秋川の度重なる洪水に切断され、押し流され

た台地の末端だから、南と東は切りたった崖になって、その斜面は人手によって、一層険しく削ぎ取られたものと思われた。その東南の角に立つと、蟬の鳴き声のやかましい深い木立によって、視界をさえぎられてはいるが、かつては前方数キロの所に多摩川と秋川の合流点を見渡すことができたはずだった。

足許に、崖下を駅に行く道がのびていた。道をへだてて池とそれを囲む小公園風の植込みがあって、水音も聞こえる。正面の石段を下りると、池は三多摩の旧家や豪族の館につきものの湧き水だった。池のあちこちから、水は盛り上がるように湧き、池をかこむ岩の間から細い流れになってしみ出してくる。

久男も大石も汗でびっしょりだった。そば屋を出てから、神社に来て、境内を調べるにも、走るようにしていたから、木陰と湧き水でひんやりした空気に触れると、忘れていたように、汗がどっと噴き出してきた。二人は石の上に鞄を置き、上衣を脱いでそこに畳み、ハンケチに水をひたして、顔や首筋をぬぐった。水は思ったほど冷たくなかったが、それでも湧き口に近い所のをすくって飲んだ。いくら飲んでも端から汗になる感じだった。やがて喉はまだ水をほしがっているのに、胃袋が一杯でこれ以上、受けつけなくなった。

大石も久男も岩の上に腰かけて、火照った足を池にひたして冷した。五日市線のガソリンカーの音が聞こえる。その音が遠ざかったと思うと、急に蟬の声が耳についた。

今まで水をボチャボチャ蹴っていた大石があぐらをかいていた。

「祖父が時折、断片的に言うことから推しても、ここが大石家の武蔵での発生の地であることは間違いないと思う。おれの先祖がこの泉の水を飲んだと思うと……」

大石の声はしめっぽくなった。

「太田道灌も多分、この水を飲んだ」

パンフレットを書いた武蔵遊士はここで大石顕重という人物が道灌と和議を結んだ、と書いている。

「おれは大きくなって、政治家になって、この辺の、先祖が治めていた地域を治める」

と大石が久男に、というよりも、自分にいいきかすように言った。それきり何も言わなかった。久男の耳にまた一しきり蟬の声がやかましく聞こえてきた。

もっとも夏休みが終って会ってみると、大石は元と同じ大石で、政治家になるという決意をのべたことは一時の感傷にすぎなかった様子であった。


刑務所や心身障害者の施設を作ることに反対だ、ということで電話をかけてきた大石が、拝島市長になっていると聞いて、久男はふと湧き水のほとりの「誓いの言葉」を思いだした。まさかあの時の感激を三十年も心の底に温め続けていたとは思わないが、まんざら偶然とも言えなかった。何の確証もないのに、自分を二宮神社の境内になっている場所に館を建てた大石氏の子孫と思い、その大石家を興すために政治家になろうと決意するような、直情で行動派の少年なら、大人になっても、書斎の人間になるには向かないし、商売人やサラリーマンになるには激しすぎよう。そこで三十代から市会議員などになって、四十すぎると市長の椅子をねらうというのも自然なことだった。

もっとも、二宮神社の場所は、拝島市ではない。もし父祖の領地をとり戻そうとして政治の世界に入るなら、大石はさしずめ神社のある秋川市の市会議員あたりからスタートすべきなのだ。

久男は大石の電話を切ってから、彼が湧き水のそばで感動し、政治家になると断言したことを覚えているかとたずねればよかったと後悔した。

三

大石とも木下とも四年になって組が違ったから接触することもすくなくなり、五年間の中学を卒業してからは、全く没交渉になった。しかし、三多摩地区の「政治問題」で久男に接触してきたという点では、木下の方が大石より十年も早かった。昭和三十年代になって、久男が大学で教えるかたわら、文芸評論をはじめ、米国帰りの少壮心理学者である加奈子と結婚したころ、彼が出先から帰ってくると、

「今日、中学で一緒だった木下さんという方からお電話があったわ。明日また連絡しますって。お友達?」

「うん、まあね」

いきなり襲いかかって、ズボンとパンツをはぎ取り、性器の点検した仲を友達と言えるかどうかわからなかったから、久男は生返事をした。加奈子は銀行員の娘としてカナダに生まれたので加奈子なのである。少女時代を欧米ですごしたから、日本の旧制の中学生の野蛮な生活について、理解も同情もない。彼女は一応の紳士になった久男と結婚したのだ。それというのも彼が戦争末期ハイティーンのころ内向的になった結果、今の久男の人格が形成されたので、久男が木下を解剖したことなど、彼女には信じられないだろう。とにかく、昔の自分とは別人になったという意識があって、彼としては小学校、中学校のクラス会には出席したくない気持がある。

木下から突然電話があった二三年前、中学のクラス会に行ったら、久男に弁当を食われたのを知らずに、昼に弁当を開いて、ひどく落胆したという男にからまれて往生した覚えがある。

「どうもね、軽いと思ったんだよ。おかしいなあ、と思いながら、新聞紙、ね、あのころ弁当はみんな新聞紙で包んだよな、開いたらカラッポさ。キョロキョロしてたら、お前がうれしそうに、歯をむき出して笑ってやがる」

同級生を困らせようと、人の弁当を食ったことはあったが、また、そういう遊びをはじめたのは確かに久男だが、これは食うか食われるか、といった所があって、他のヤツの弁当を食ってやったと思ってたら、自分の弁当を食われていた、ということもあった。久男としては、その男の弁当は食った覚えがなかったし、笑ったのも、ザマミロ、という気持だったのだろうという気がするのだが、いつの間にか弁当を食ったのは久男だけということで、クラスメートの記憶は統一されかけているようだった。それやこれやで肩身がせまくなるばかりだから、久男はクラス会に出ない。

木下の連絡は翌日ということだったのに、夜のうちに電話があって、翌日、久男の家に会いにくることになった。二十年近く前におかした「犯罪」があるから、用があるから会いたいと言われれば、多少、都合が悪くても、時間をひねり出さねばならない。

木下は相変らず小柄で色白だった。ただ少年時代は童顔の、というより女性的な丸顔だったのに、髯の剃りあとの濃い頰は、そぎとられたような逆三角形になっていた。ただ大きな目と細く高い鼻梁だけは昔の美少年の面影を残していた。彼は神主をしていること、氏子の餅菓子屋の娘と結婚して、二人の子供ができて、上の子がもう幼稚園だ、といった話をした。

「そうか、君の家は神官だったのか」

「うん、天満宮なんだ。今でも、試験シーズンになると、結構、参詣者が多い」

木下の黒い瞳を見ながら、久男はこの男はあの日のことを忘れている訳がない、と思った。

久男には苦い思い出がある。小学校六年の時に、軍人の息子でやたらにできる子が転校してきた。何となく、あいつ生意気だというので、何人かの仲間を語らって、生き埋めにしようとした。半年もしないうちに、大陸に戦争がはじまって、その転校生の父の任地が変ったのか、彼はまたどこかに転校していった。

それが十年ほど後の大学の卒業式でバッタリ出会った。中学も高校も大学の学部も違ったが、どこかに幼な顔が残っていて、互いにそれとわかったのだ。あわただしく、担任の教師やクラスメートの消息を話して別れたのだが、いきなり、久男は尻にひどい打撃を受けて転んでしまった。ふりかえると、正に発車しようとする都電の、ステップまで鈴なりの新卒業生に交って、その男がニヤニヤしていた。思うに昔の生き埋めの腹いせに、久男の尻を力一杯蹴とばしたのであろう。

だから木下と向いあっていても、久男は何となく落ちつかなかった。しかし、彼は復讐しに来たのではないらしかった。用件というのは久男が最近解説的な評伝を書いた高名な作家に紹介してほしい、ということだった。

「うん、そんな親しいというほどの人じゃないけれど、あの本を書くのに話も聞きにうかがったから、紹介できないでもないけれど、あなたも小説でも書くの?」

久男がそんなことをたずねたのは、理由がないではなかった。彼は神官だというのに、黒いベレー、黒い革ジャンパーの襟にエンジのマフラーをのぞかせ、折目のピッと通った灰色のズボンをはいていて、イブ・モンタン風というか、フランスの労働者風俗を身につけている左翼的シャンソン歌手、というスタイルだった。もっとも、体格貧弱で純日本風の顔立ちだから、街をひょこひょこ歩いているのを見れば、人は洋品屋のおやじだと思ったかもしれない。

「いや、そうじゃなくて。砂川事件というのを知ってるかい?」

「知ってるさ、そりゃ」

砂川事件は立川の米軍の空軍基地の滑走路の延長のために、民有地を買収する必要が生じた際におこった反基地闘争で、朝鮮戦争も終りかけたことだし、米軍の兵力増強を阻止しようという含みも持った事件だった。滑走路の延長予定地が砂川なのである。この地区を含めた、今の立川市一帯を元禄時代に開拓した一族の本家の当主も、久男たちの中学の同期生で、彼も反対闘争に参加して、公務執行妨害か何かで留置場に入れられたはずだった。

「あの戦いの輪を拡げる運動に、文壇の大家である先生に発起人になってもらおうと思ってね」

「だって、あの先生はおよそ政治とは関係のない人だぜ。そりゃ教養はあるし、強い人だけど……。第一、話を聞くと君のとこの天満宮は砂川地区の天神様じゃないじゃないか」

「うん、そこなんだよね。しかし今や従来、政治とは関係のない文化人として、国民の信望を集めてきた文壇の大家に、反対闘争の応援団長になってもらい、砂川の戦いを多摩全域にひろめる段階なんだ。立川、横田基地にいる米兵による風紀事件、交通事故、無銭飲食、婦女暴行。もう、これは植民地ですよ。こんなことが続くと、われわれの子弟は奴隷根性になる。女の子は早く大きくなって、米兵に可愛がられる娼婦になろうとする。男の子は米軍バーのバーテン、ポン引き、バンドマン。君、三多摩は我々の中学時代のような農村地帯ではない。東京都内に働きに出る堅実な市民の街ですよ……」

木下の言うことは、それなりに筋が通っていたが、彼の考えや、参加している運動と神官という仕事がどう結びついているのかわからなかった。

「今や、国家宗教としてではなく、一宗教法人として出発した神道は、氏子の中の宗教心、生活感情を汲みあげ、それを結集しなければならない。それでこそ産土（ウブスナ）の神なのだ。昔から人々は出陣をはじめ大きな社会的行動や農民一揆に際して、鎮守の森に集った。わけても天満宮は菅原道真公を祭る。公は文化人であり、その教養故に体制の権威を超越し、体制から拒否された方だ……」

そういう話を聞くと、社会主義革命が成就しても、神社は地区住民の集合場兼、革命精神をふるいおこす場所として存続できそうな気が久男にはしてくるのだった。

木下は元々は神職をつぐのがいやで、大学は法学部を出たのである。敗戦直後のこととて、思わしい就職のないままに、大学の協同組合の仕事を手伝っているうちに、いよいよ生活に行きづまり、父が脳溢血で倒れたこともあって、木下は講習会に毛のはえた程度の学校に行って資格をとり、神官の地位をつぐ。

「実際、ひどいもんだよ。おやじが脳溢血で倒れるのも無理もないよ。戦時中、国はさんざん神社を利用してさ、国民精神総動員とかいって、土地の人に神社を参拝させたり、子供に境内を掃除させたりしておいて、敗戦後は神社は国とは関係ない、勝手にやれ、だろ。神社の維持費や祭礼の費用を氏子にもらいに行っても、剣もホロロだもんなあ。戦犯だと罵る。子供たちは泣く泣く掃除をさせられたと、拝殿に小便をひっかける」

どうやら、木下が学生時代から協同組合運動を通じてできた社会主義思想と、神社関係者としての日本政府に対する恨みと、氏子の支持なしには、神社は成りたたないという自覚と、彼なりの神社観、新時代の神道が一体となって、砂川闘争支援の市民大会を天満宮の社頭で開く、といったことになったらしい。

久男は昔の弱味があるから、高名な作家への紹介状も書いたし、砂川闘争支援連盟という組織の一員になる約束をし、同意書に署名捺印した。彼はそうしながら、加奈子にこの事情を知られたら軽蔑されるだろうなあと思った。学校や書斎にいる限り、久男は一応は合理主義の世界に住んでいることになっているし、それらの世界にも残る非合理な、前近代的な要素を批判しているというのに、三多摩の友人がからんでくると、途端に因襲と義理人情の泥沼におちこんでしまう。

署名捺印しながらも、久男は自分は趣旨に賛同しているのではなく、要するに二十年近く前、この男を解剖して、自分の性器が健全だということを確認できたことの代償を今、支払わされているとしか思えなかった。

木下に言われて、次の日曜の午後、木下の天満宮の社務所で開かれる連盟の準備会というのに出席することになった。これは木下への義理というよりも、どんな人間が集り、それと神社がどのような形でつながっているかにも興味があったのだ。

木下の天満宮は昭島市の、米軍立川基地と横田基地の中間にあった。それは商店街の外れにあって、せまいけれど、社殿や社務所にも金色の金具を沢山使った裕福そうな神社だった。欅の大木にかこまれているが、秋の末のこととて葉が落ちつくして、境内は明るかった。石段を登ると左右に牛の彫物があって、御影石の参道が拝殿に続き、それと直角に交叉する敷石の左に神楽殿、右に社務所があった。

木下に案内されて通されたのは鴨居に梅の紋の金具を打った十二畳の部屋で、上手に床の間があり、下手の商店街の屋根が見える方角には几帳を立てていた。中央に二つの大きな銅の火鉢があって、薬罐が湯気をあげ、テーブルの上に餅菓子が山積みになっている。木下夫人は菓子屋の娘と聞いたが、恐らく彼女の実家の製品に違いない。

青い布地で米軍の軍服と同じデザインに仕立てたガードマンの制服を着た青年が一人、所在なげにタバコを吸っていた。やがて、近くの中学校の教諭という三十男が紺の背広の下に、グレイの温かそうな毛糸のチョッキを着て現われた。次は色のはっきりしない茶系統のジャンパーに、カーキ色の作業ズボンの牛乳販売店の主人という中年男。最後は、建設業の労務者がよく着る作業服の青年。彼は労働者の服を着ているくせに、色が抜けるほど白く、度の強い眼鏡をかけている。艶やかな黒い髪は、タバコに火をつけようと、顔をうつ向けただけで、バサッと垂れ下がる。そのタバコを持つ白い指も細く長い。これはしかるべき組織から派遣されたオルグに違いないと、久男は見当をつけた。

木下が出てきた。白い着物に青い袴をつけていた。今まで、神事をしていたのだろうか、それとも、自分の立場をはっきりさせようというのだろうか。紺のズボンに海老茶のセーターという大柄な女が、木下に妻だと紹介されて頭を下げ、一同に茶をついでくれた。

まずガードマンが、異国の軍隊に傭われていることの屈辱をしゃべった。倉庫番をしているのだが、日本人で盗みに入るような者はまずいない。米兵が堂々とジープを乗りつけて物資を持ってゆく。公用だと言うから、書類を見せろと言うと、いきなり顔を強打された。

中学校の教師は体育の授業を見物している米兵が、校庭で女とペッティングするのが教育上困ると言い、牛乳屋の主人は、配達するそばから、米兵が牛乳を飲んでしまうならまだしも、ニヤニヤ笑いながら、彼の見ている前でビンを投げつけて割る。

「ビンを割られるのは痛いんですよ。それで何本分かのもうけがフイになるんですから」

そういう話が一通り出た所で、木下が、

「いくら安全保障条約があったたって、日本は独立したんだし、みんなが銘々持っている怒りを、彼らにたたきつけなくてはならない。敗戦後間もなく、MPのジープがこの神社に来て、神殿に土足で上って御神体を調べたり、神官だった父を犯罪の容疑者みたいに尋問した。こういう屈辱はいい加減に切りあげるべきだ。立川基地や、横田基地の周辺に住む者は、基地で働いている者を含めて、大なり小なり、半植民地国家の悲哀を体験していると思う。それを、個々の神社なり、お寺なりに持ちよって話しあう。それが大切だと思う」

と一人一人の話を総括した。それを待ちかねていたように、

「そう言えば、砂川闘争も、土地を奪われる農民たちが、あそこの天神さまに集って相談したのがはじまりだったなあ」

とオルグ風青年が言った。彼としては木下の言葉を砂川事件に結びつけるために、天満宮という共通項を、木下に思い出させようとしたのだ。なかなか巧みな誘導だと久男は感心した。

木下は二三度うなずいて、

「砂川の闘争は、あの地区だけの問題ではない。基地周辺の全体の問題なんだ。砂川では土地の人に労組や学生団体が応援している。また、米軍を警察が助けている。われわれもあらゆる神社、仏閣を拠点として、基地を包囲し、攻撃に立ち上るべきなんだ。我々は白血球、基地は巨大な病原菌だ。砂川という白血球が、病原菌に食われようとしている。しかし、全白血球が手をとりあって病原菌に襲いかかれば、いつかは病原菌は参ってしまう」

ガードマン、教員、そして牛乳屋の主人は黙りこんだ。米兵に対する反感はあるが、闘争に立ち上れといわれても、元来が生活者であるだけに、素直に応じられないのだろう。精々で米兵による被害を訴え、できれば補償させるなり、この種の被害を根絶する方途を求めているのだ。

オルグがあわてて、タバコをすり消して木下にたずねた。

「闘いに立ち上って、一般市民に危険はないだろうか」

いささかわざとらしい質問だった。

「それは大丈夫」

と木下が断定する。

「我々の闘いは、米兵を襲ったり、基地に乱入することではない。平和なアピールをするデモを組織し、参加者の決議事項を米軍や日本の市役所に届け、米兵の非行を英語で書いたプラカードを、基地のゲート附近、街角に置くことなのだ。『ここでジープが日本の主婦を轢き殺した』といった大きな横断幕を下げれば、いくらヤツラでも、運転を慎重にするだろう。………、太田君、何か意見があれば言ってくれないか」

木下はそれまで黙っていた久男に急に話を向けた。オルグがちょっとあわてたように木下を見る。しかし木下に制せられて、空になった「いこい」の袋をいらだたしげにしぼるようにしてねじった。

「横断幕やら、ヤンキー・ゴー・ホームとみんなで叫んで、それが有効かどうか、第一、米兵自身、一日も早く、ゴー・ホームしたいと思ってるよ」

オルグの白い額に血の色が浮かび、こめかみに青い血管がうかび上った。久男はこの男への反感のためにも、彼を怒らせるようなことを言いたくなった。

「三、四年前、まだ朝鮮戦争たけなわのころ、学生と一緒にバスを借りきって三浦半島の油壺に行ったんだけれどね……」

それは新入生のガイダンスと親睦をかねたピクニックだった。バスに乗った当座はぎごちなかった学生たちは、コーラスがはじまると、一度に一つにまとまった。久男は自分たちと違って、新制の教育を受けた学生たちの音楽の能力に驚嘆した。初対面同様なのに、二部合唱、四部合唱、輪唱をこなしてゆく。

学生たちは「三度許すまじ原爆を」を繰返し歌った。

………三度許すまじ、原爆を、世界の上に………

学生たちは歌詞の内容よりも自分たちが作りだしたハーモニーに酔っていた。久男はふと思った。許すまじと言うが、原爆の使用をおさえつけるには力が必要であろうが、その力はどこにあるのだろう。許すまじ、と歌っている分には気楽なことだが……。久男はその歌についてゆけない自分を意識して、歌うのをやめた。

窓の外に目をやると、そこは海辺の干潟で道路脇まで、びっしり去年の枯れた葦が二メートルもの背丈で生えていた。葦の一部が激しく動く。それをかき分けている人の集団がいるのだった。彼らは広い干潟に散開して、葦の原を道路の方に進んでいた。

バスが進むと、街道までたどりついて、下半身を濡れた泥に光らせ、鉄帽から顔まで、泥はねをあびた一隊の米兵が、バズーカやライフル、機銃を杖に肩であえぎながら立っていた。

久男も軍隊の経験があるから大体見当がつく。彼らは干潟の沖の一キロばかりの所で上陸用舟艇をおろされて、腿まで没する泥海を下士官に後ろから追いたてられながら、バス道路までやっとたどりついた所だろう。武器が汚れていない所を見ると、彼らはそれを頭上に保持していたのだ。

その上、重い装具をつけ、一歩一歩、腿までもぐる泥の中を歩くことがどれほど体力を消耗するものであるかは、米兵たちの疲れきった無表情な顔を見ればわかる。彼らは目前を疾走するバスすら、全く目に入らないかのように、その一人は久男の視線にすら無感動に、その灰色の瞳を見開いていた。

この二三十名の米兵のうち何名かは、あと半年のうちに死ぬか、銃弾を受けて病院に運びこまれることになる。久男は日本軍の解体と共に、軍服と無縁になった自分を祝福した。

それにしても、泥まみれになり、疲れきって、恐らくはこの仕上げの訓練が終り次第、死の危険のある前線に送られる米兵と、「三度許すまじ、原爆を」とバスの中できれいなコーラスをしている日本の大学生と。一体、どちらが歴史や現実とかに関与しているのだろう。

米軍の存在が日本に原爆の危険を作り出しているか、または逆に、彼らが日本を原爆から守っているかは、意見のわかれる所ではあるが、泥だらけの米兵とバスの中でコーラスをする日本の大学生とは、年は大体同じで、地球上のほぼ同じ場所にいるにしても、互いに全く無縁な存在なのだ、と久男は感じた。

久男はその時の話をして、

「ヤンキー・ゴー・ホームと言えば、彼は『大賛成。お願いだから、隊長にそう言ってくれ』とニヤニヤ笑うんじゃないか」

とオルグに言った。オルグはそれまで、自分から積極的に言うのをさけて、木下に質問するという形でしか発言しなかったのに、ムキになって、

「いや、それはどうかなあ。やはり、ヤンキー・ゴー・ホームと言うことによって、彼らに武器を棄てさせ、反軍、反戦に立ち上らせ……」

「そりゃムリでしょう、牛乳ビンを割られた牛乳屋さんに、その仕返しにバットを持って基地になぐりこめ、と言うようなもんだ」

「それは違う。一人の米国の青年が軍服を着て、日本に征服者としていること自体が悪なんだ。一人の牛乳屋さん、中学の先生という、それ自体として誇りを持てる人間のあり方とは違う。それだけに、その存在としての悪を自覚すると、反発力は当然大きいし……」

「居直り強盗、毒食わば皿まで、ということもある」

「いや、ここで問題にしているのは、基地周辺の人々を組織して、砂川を焦点とする基地反対闘争に結集して……」

久男とオルグが論争しはじめると、ほかの人々は白けきって黙ってしまった。無理もない。この一座でよそ者は、久男とオルグの二人だったのだ。それに気付いた久男が論争をやめると、相手も黙りこんだ。それを待っていたように、まず牛乳屋が立ち上った。

「じゃ、私はこれから集金に廻る所があるので……」

そして、ガードマンも、先生も、ついにはオルグも帰っていった。後に木下と久男と餅菓子

と、それから四人の男たちがいた位置に、座布団や空の湯呑茶碗が残った。

「悪いことしたな、折角の集りをダメにして」

「なに、いいさ」

「しかし、最後に帰ったあの作業服の男。あれはプロだぜ」

「うん、わかってはいる。しかし、ああいうのがいないと、事が運んでゆかないからな」

「どうして知りあったんだ」

「この夏、砂川で学生と警官たちが睨みあってさ、学生が、警官の胸に野の花をさしたり、『夕焼け小焼けの赤とんぼ』を歌っていたころ、おれが境内を掃除していたら、あいつが来て、この辺で下宿させてくれる所はないか、と言うんだ。学生にしちゃ年食ってるし、勤め人にも見えなかったから、仕事は、と聞いたら、人に頼まれれば、社会的な調査したり、報告書を作ると言うんだな。世論調査の仕事をする人かなと思って、氏子のたたみ屋の二階に世話したんだがね。すぐ政治的に動いている男だとわかった」

木下は久男を駅まで送ってくれた。駅前の、つい数年前までヤミ市だったに違いなくて、今も二三軒、露店や赤提灯の飲み屋が残っている商店街に、本建築の和菓子屋があった。久男に木下はその明るい店を指さして、

「ウチのやつ、ここの娘だったんだ。市のミス健康に選ばれてね」

そう言えば、彼女は立派な体格だったと久男は思った。しかしそれを口に出して言わなかっ

たのに木下はうなずいて、

「百七十センチ、六十三キロある。ツラはまあだけれど、体はすごいぜ。おれ、こんな貧弱な体だろう。あいつは、大女の劣等感があったんだな。それでね……」

貧弱な体、という言葉に、久男は大石と一緒に木下を解剖したことを思いだした。丁度電車が入ってきたのにかこつけて、久男はあわただしく別れの言葉を叫んでおいて、改札口を走りぬけた。


それきり、木下から基地反対闘争に参加しろという誘いはかからなかったし、第一、砂川の方は、滑走路用地の立ち退きが実現した段階で、工事は中止になった。もっとも学生たちは工事の開始に抵抗する拠点という意味で、そこに壕舎を作って住んでいたが、朝鮮戦争が下火になったのか、米軍の機種が変ったのか、結局、滑走路の延長工事は行なわれず、砂川闘争は鎮静してしまった。震源地ですらそうだから、木下の氏子が反基地闘争に立ち上る訳もなかった。第一、朝鮮戦争の冷戦化と共に、立川、横田基地から、米軍が急激にへり、ゲイト附近の土産物、兵隊用小道具屋はさびれ、バーもかつては米軍専用の感じがあったのに、日本人大歓迎という時代になった。

牛乳配達をつけ廻して牛乳を飲んで、ビンを割ったり、ペッティングしながら中学の体育の授業を見物する暇な米兵と、彼らの相手をする女は減り、ついでに青い制服のガードマンも大量に職を失った。木下の社務所に集って、米軍の悪口を言った人々は今もいるだろうが、悪口のタネは尽きかけていたのである。

何年かして、ある朝、新聞を開いてみて、久男は驚いた。木下の顔写真と名前が出ていたのだ。彼は落選した保守系無所属の政治家の選挙事務長をしていて、違反容疑で逮捕されたのに、御本尊の候補者の方で自分は違反には無関係だと公言している新聞記事を読んで怒りだし、積極的に候補者が中心になって行なった選挙違反の実態を自白したというのであった。

木下が革新系の選挙運動に加わるというのならわかる気がするのだが、保守系というのが不可解だった。しかし久男は新聞記事を読んだ結果、一つの仮説を作った。その立候補者は自民党の公認をえられなかった。そこで保守系の堅い票を当てにできないと思って、木下のような、革新的ではあるが、はっきりした組織に属さない人間の人脈や、彼らの政治意識に訴えて選挙に勝とうとした。しかし、木下的な選挙民は数は多いが、そのほとんどは投票せず、候補者は惨敗した。彼は選挙事務長の木下に裏切られたと思い、選挙違反の容疑で捕えられた木下を見棄てるような言行をとった。そして裏切られたと怒るのは、今度は木下の番、ということのようであった。

木下を選挙事務長に選んだ時、この候補者は、うまい人物を選んだ、と思ったに違いない。先祖代々の神官として、各地の神社とその熱心な氏子という最も保守的な層——戦前からこの土地に住みついている階層——をつかむことができるし、木下の進歩的な運動は、戦後この土地に移り住んできたサラリーマン層にもアピールする、と考えたのだろう。しかし恐らく、木下は天満宮の神主ということで、新住民からは排他的な原住民の代表のように思われ、一方、古い住民からは、はねかえりの、新しがり屋の神主と思われて、そっぽを向かれたのだ。

明治十八年ころに書かれた民間の、しかも進歩的な憲法草案を色川大吉教授が五日市で発見したことが新聞に大きく報道された。その時、多摩自由党研究会事務局長という肩書で、木下がコメントをよせているのを見て、選挙違反事件以来、何年かぶりで、久男は木下を思いだした。木下は三多摩の自由主義的、民主的伝統を語り、その輝かしい精華として、この憲法草案を評価し、発掘した色川教授の功績をたたえていた。

四

「おれ、中学の時の同級の大石だがね」

と久男に電話があった時、肩書を言わなかったから、もう公職は退いたかと思って、

「市長やめたのか」

とたずねると、

「やってるさ。三期目よ」

と誇らしげに言った。久男は国有地の払い下げ地の問題で、妻の加奈子の書いた記事に文句をつけてきたのが市長になって二年目とか言っていたから、あれからもう十年近くたったのか、と久男はそのころから変らない机やその上の電話器を見廻した。あのころは久男の揉上げに白い毛が二三本まじっていた程度だったが、今では白髪は堂々と全頭髪の一二割を占めるまでになっている。

「大石、お前、はげたろう」

「はげたりはしないけんど、毛が細くてすくなくなったな。床屋に行くと言うと、娘のヤツ笑いやがる。床屋に行くほどのびてないと言うんだな。それはそうと、お前に金かせがしてやる」

「いいよ、金なんかいらんよ」

「ま、そう言うな。おれの市で講演しろ。題は欧米の自動車利用状況」

「バカなこと言うな。おれは……」

「しかし、お前、アメリカで免許とったし、英国でもとったし、中南米やヨーロッパをドライブしたことがあるだろう。高速道路の交通標識を決める委員会にいたろ」

「そりゃいたけれど……」

久男は昭和三十年代に、アメリカ、カナダ、英国などで、日本語と日本文学を教えたことがあり、生活の必要上英米で運転免許をとったし、休暇や任期の終った時、中米やヨーロッパを車で旅行した。中学で一緒の沢本という男が、道路公団の高速道路を計画する仕事をしていて、彼に言われて、テストコースを走って、どんなデザインの標識が見やすいか意見をのべた。というよりも、さまざまな標識のうちの、どれを最も正確に読み取ったかテストされたことはある。だからと言って、自動車について話すのはあつかましすぎる。しかし、大石は平気だった。

「大丈夫。そう言っちゃなんだけど、聞いてる連中はお前がどういう人間だか、わかっちゃいないんだから。自動車についてしゃべれば、自動車の専門家だと思うさ」

「しかし、どうして、おれが車のことを……」

「うん。つまり、業界に助けてもらって、自動車を中心にした交通博物館を作る」

「武蔵野復興計画はどうなった」

「あれはまあね、国から払い下げを受ける口実でね。市会に議案を否決してもらってね、今は団地を作ってる」

「はじめからそのつもりだったのか」

「いや、そうじゃないんだけどね、払い下げを受けた段階で、いろいろの意見がでてね。結局、長い目で見ると、中央線沿線は商工業センター、ウチの市あたりは住宅地になるだろうということになって……」

結局、大石のペースにまきこまれて、久男は「欧米社会と自動車」という題で市の公会堂で講演をすることになった。

講演会の当日、久男が寝室で身仕度をしていると、門の前に黒いベンツが止って、大石が運転台から下りてきた。中学卒業以来だが、すぐわかった。なるほど頭髪の量が少なくなって、頭にはりついている感じである。中学時代の坊主刈りのころの頭の形と同じだった。ただ生え際が後退したのか、頭が小さく、顔が大きくなった、という印象を受ける。政治家というものは、頭でなく、顔が必要な職業なのだろうか。

上衣を着ながら玄関のドアを開けると、大石はいきなり、

「かみさん、いないのか」

とたずねた。その日は休日だったが、大石が迎えに来ると聞いて、加奈子は早くから友人とデパートに買物に行くと家を出ていた。「施設を作るのが何故悪い」「カカアの書くもんくらい、目を通しておけ」といった記事と電話のやり取りのことで、彼女はまだ大石に釈然としていないのだろう。

「うん、お前が来ると言うので、逃げてしまった」

「困ったな。和議を結びに来たのだが。そのために、運転手も連れずに来たんだけんど」

運転手なしというのは、加奈子に謝まる所を彼に見られたくないというのか、それとも辞を低くしてむかえに来たことを態度で示そうとしたのだろうか、と久男は思った。

車に乗ってみて、大石の運転は達者だが、強引だと思った。追いこしざま、すぐに抜いた車の鼻先に割りこむ。車の性能がよいから、何とかなっているようなものの、割りこまれた車の

運転者を怒らせるに充分な横暴さである。

「乱暴だな」

「うん、警察の署長がウチの市内では絶対に違反しないでくれと言ってる」

「そうだろう。市長が違反でつかまったんでは具合が悪い」

「しかし、おれは、木炭自動車、薪自動車のころから運転してるんだぜ。あのころは、交通法規もお粗末なら、車も運転者もひでえもんだった。そうだ、お前のかみさんに、おれのガラの悪い理由をよく説明して謝っといてくれ」

「今さら謝ったって仕方がない」

何年も前の電話のことにこだわって、久男に講演させるのをきっかけにして、謝ろうとするあたり、繊細な神経の持主と言ってもよさそうだった。

「おれはな、お前のかみさんみたいな、お嬢さんの才媛と違って、いろいろとこれで苦労したのさ」

そして、久男が大石について加奈子に釈明する時の材料のつもりか、苦労話というのをはじめた。秘書も運転手もつれてこなかったのはこの話をするためだったのかもしれない。

大石の家は八王子で製糸工場を祖父の代からやっていたが、工場は空襲で焼けた。残ったのは、平和なころに農家から生糸を買い集めるのに使ったオート三輪と、製品を横浜の倉庫に運ぶのに使ったトラックがそれぞれ一台ずつであった。これは空襲で東京が灰になり、次は中小都市の番だということになってから、五日市の奥に疎開しておいたのである。

戦後、軍隊から帰ってくると、大石は大学に行くかたわら、トラックを運転してヤミ屋になった。八王子から青梅を結ぶ線の西は深い山地である。そこには細々と桑を作り蚕を飼う集落が点在していた。大石の家はそれらの集落と昔からつながりがある。彼はそのコネを利用して、炭でも干し柿でもサツマイモでも、とにかく買える物を車に積んで平地に下りて来て、ヤミ市におろした。

立川と横田の基地内の建設事業に食いこんでいる中学の同期の川口と組んで、米軍物資の横流しもやった。

「お前な、アメリカの将校の替えズボン覚えているか、うすい汁粉色の。将校の制服はオーダーメイドだからな、布地で倉庫に入ってるんだな。基地の裏の鉄条網のフェンスに沿った道を、ガタガタ走って行く。約束した所までくると、フェンスの向うにジープが止っている。打ち合せ通り、ライトを点滅させると、向うも同じことをする。車をとめると向うから、黒人兵が、ジープの上から塀ごしに大きな包みをほうり投げる。こっちはそれを積んで一目散よ。と言っても、薪トラックだから、ガタガタ、ノロノロ全然スピード出ねえのさ」

「あの布地は頑丈だった。ナイロンがうんとはいっていて、もう針金で織ったみたいだった。そのままだと米軍の憲兵につかまるからよ、紺色に染めて、背広布地として売ったけど、ありゃ、いい金になった」

ガソリンが何とか手に入るようになると、オート三輪で山の間を走り廻った。ある時、密殺の牛肉を積んで走っていると、長い上り坂と荷重のためにエンジンが過熱してきた。

「オート三輪は空冷だろが。冬だったから、最初、股火鉢してるみたいでいい気持だと思っているうちに、エンジンの音がキンキンキンキンと聞こえてきたもんね。あわててスイッチ切ったって、ディーゼル・エンジンみたいになって、てんで止りゃしねえ。そんでよ、爆発するんじゃねえかとこわくなった。オート三輪おっぽり出して遠くから見てたのよ。ガソリンタンクに火が入ったら、ドッカーンといくかなあ、牛肉がステーキになっかなあ、と見てたのよ」

「どうなった？　結局」

「ガソリンがなくなったら、自然に止った。そこまではいいよ。安心して、今度は歩いて五日市へガソリンの手配をしに行ったのよ。薬屋をたたきおこしてな、カイロや、襟を拭くのに使うベンジンを買いしめてな。あれはガソリンだもんな。そいでオート三輪の所に引き返すと、世の中す早いヤツがいるもんだよ。牛の脚が一本見えねえのよ。ありゃお前、エダ肉と言って、お前なんかの体力じゃ、とてもかついで運べるもんじゃねえぞ。誰が盗んだのかなあ。日の出村から、いや、今は町だけどな、当時、日の出村よ。そこから五日市に抜ける秋川街道だったけど、車なんて、一日に何台という道だもんな。ヤミ屋のトラックでも通りかかって、行きがけの駄賃に持ってったのかなあ」

大石は昭和二十年代の末に関家の娘を知る。関家は三多摩有数の地主であったが、財産のほとんどが田畑であったために、農地解放で大打撃を受ける。大石は関家にわずかに残った山林の売却と材木の搬出のことで、関家に出入りするようになり、一人娘の葉子を好きになる。彼女は適齢期になっていたが、家格と財力のアンバランスのために、養子をむかえそこねていたのである。

大石の家も一応のブルジョアではあったが、製糸工場を焼かれている。重久の兄が工場の再建に努力して、何とか目鼻がつきかけていたものの、次男の重久は大学を出たとは言っても、自分でトラックを運転するヤミ屋である。釣りあわない縁と言ってよい。久男がその点をたずねると、大石は得意そうに、

「なに、簡単さ。川口のコネで、米軍のPX（兵士用売店）でコートやナイロンの靴下を手に入れてプレゼントして親しくなった。当時、貴重品だもの。川口が将校の接待用に買っていた邸で、でっかいステーキを食わしてやった。ブドー酒を飲みすぎて気持が悪いというから、寝室に連れていって、そこでおっ伏せてやった。そうなりゃお前、簡単なもんよ」

大石の言葉はいささか偽悪的な感じもしたが、とにかく、大石重久は関重久になった。彼は養子になっても、運送業を続けていたが、義父が死ぬと、山林を売り払って、トラックを買った。東京—大阪の国道一号線の舗装がすすみ、ようやく長距離トラックが活躍しはじめた時代だったが、東京のビル建設ラッシュを知ると、大石は砂利専門に切りかえて、多摩川、荒川、相模川の上流の河川敷から砂利を取って都内の建築現場に送った。最初は普通のトラックだが、

後にダンプになる。

彼は三ケタの台数のダンプを支配したが、全部を会社で所有したのではなかった。会社が購入したダンプを運転手に月賦で買取らせ、独立させた。運転手は自分の物と思えば、月賦を払っている間も、車を大切にするし、事故をおこすまいとする。独立させたのは、百輛をこすダンプをフルに稼動させる仕事を常時確保するのが困難だからである。不況の時でも、運転手が持主の一匹狼なら、何とか仕事が見つかるものだし、自分から仕事探しに熱心になる。

大石の会社が書類上支配しているのは、月賦のすんでいない車輛と、それを運転している社員だが、彼らだけではこなせないほどの仕事の量がある時は、そろそろ新車に買いかえねばならない一匹狼たちに声をかける。彼らは新車用の代金の金額を積み立てていることはまずないし、従って金利のつくローンで買うか、再び大石の会社に社員として入って、働きながら月賦を返して、新車を手に入れるかのどちらかである。そこで車の買い替えを考えている者は、今の仕事を放っても、大石の仕事を手伝う。

「つまり、もうかった訳だ」

と久男が言うと、

「うん、しかしよ、おれの運転が乱暴だと言ったけどよ、こんな運転が身につくまでにはそう楽々ともうけた訳じゃない」

河川敷の砂利は、誰もが取れる訳ではない。役所の許可をとった所で、同業者との間にしばしば争いがおこる。

関家は建坪だけで三百坪もある古い庄屋屋敷で、その座敷には、主人のボディガードをひそませておく、武者がくしという押入とも廊下ともつかない設備があった。大石はそこに腕のたつ運転手に車のジャッキのバーやスパナを持たせてかくしておき、そうしておいて、客と会ったこともあるという。

「とにかく、そういう時は、挨拶もすまんうちから酒を持ってこさせて、ま、ま、一杯とやっておいて、こっちが先に酔っ払って、歌をわめいたりすれば、向うも釣りこまれる。機嫌がよくなった所で小出しに話をすれば、話の糸口もつくんだな。翌日、二日酔の状態で先方に行って、昨日はどうも、と謝りながら、割れるような頭をかかえて話をすすめれば、意外とうまくゆくんだ。先方も二日酔で気が弱くなっているし、どうでもいい、という気になっているから」

久男はそういう三多摩の地主屋敷を二三知っている。通常、一町歩の屋敷の裏に、もう一町歩の竹林、雑木林、自家用野菜畑などがある。巨大な藁屋根は夜も昼も、夏も冬も囲炉裡で火を焚き続けることによって、絶えず内から乾かされ、それでいくら雨が降っても藁が腐ることがない構造になっている。炉の燃料を供給する雑木林がなくなれば、藁屋根と共に地主屋敷は崩壊する。

そういう生活になれた家族と河川敷の砂利採取権をめぐる争いは、どうもそぐわないように久男は思った。

「奥さん、いやがったろう、武者がくしにスパナを持った運転手なんかいれるのは」

「おお、おれをすごく軽蔑してやがる。お前のことはちょっと尊敬してる。あいつ、小説は書かんけど短歌をやるんだな。おれとお前が木下を解剖して、お前があいつのチンボコをむいたという話をしても、太田さんがそんなことをなさる訳がない、とぬかしやがる。後で出てくるからな。解剖事件は本当だとお前の口から言ってやってくれ」

同業者とのいざこざを腕力で解決するにも限界がある。大石は役所に顔をきかす必要もある、というので、市会議員に立候補することにした。幸い業界のバックアップもあり、関家の古い顔もあって当選した。

「しかし、どうやって、票というのを集めるのかなあ。おれなんかに訳がわからん」

「そらお前、口から口へ、よろしく頼む。今度の市会は関さんに、と言うんだけれど、それだけじゃ票にならん。宣伝カーに乗って、『市会には清新な候補者、関重久、関重久』とわめくだけじゃダメだ。集ってきた人、一人一人の目をのぞきこんで、ヨオ、ヨオ、とやる。やられた方じゃ、同じ運転手仲間から言われたけれど、あんなに親しげに言うようじゃ、ひょっとすると、オレの名前は関のリストにのってるんじゃないか、とまで思わせたら、成功だな。二階の窓のすきから、ちょっとのぞいているおばさん、『ヤ、ヨロシク』。ふとふり向いた男に、『オ願イシマス』。つまり、マン・ツー・マンというか、一人一人に目と言葉と態度で、コンタクトする訳よ。参議院の全国区なんかは知らんが、市会や市長選挙なんかはそうだな。そのうちに、犬がこっち見ても、『ヨ、ワンコウ、タノムゼ』という気になって手を振るからな」

久男が笑うと、大石は笑いごとじゃないという風に、不機嫌な態度でハンドルを握っていた。

「お前、笑うけど、大変だぞ。しまいに何となく手応えがわかる。目が会った時の向うの表情で、あ、この人は入れてくれる。この人はダメだ。ほかの候補者の息がかかってる。こいつは棄権だな。そういうのがわかりだすと、何とかはいれる、楽勝、といった予測ができてくる。しかし、おれが市会から都会議員になり、市長になったのは、三多摩から国会に出ていた紅《くれ》林《ばやし》さんのおかげだ」

ある年の暮、紅林議員は、息のかかった都会議員、市長、市会議員などを集めて青梅で忘年会を開いた。青梅は青梅街道上の重要地点であるばかりでなく、近くの山村の中心でもあって、呉服屋と床屋の多い町だが、郊外に行くと、多摩川の渓流に臨んだ割烹旅館もある。

大石は年も若ければ、市になりたての拝島市の市会議員だから、知人もすくないままに末席で酒を飲んでいた。床の間のあたりでは中央の政界のうわさ話に笑い合う声も聞こえ、大臣を君付けで呼ぶのが耳ざわりだった。

退屈だったから、大石は接待の芸者を見ていた。いずれ、どこからか連れてきたのであろう、青梅あたりには見かけない、若く美しい女もいた。もっともそういう女は大石のあたりには来ない。床柱を背にした大物のまわりに侍っている。大石の酌をしてくれるのは、この店の仲居のおばさんである。そのうち、大物の一人が先に帰るというので何人かが芸者と一緒に見送りに出た。大石は末席にいたから、彼らは大石の膳を蹴たてんばかりにして、大広間を出入りする。

それがそもそも面白くなかった。芸者のくせに、客の一人である大石を全く無視している。それで、一番、若くて美しい、というより、大石が一番気に入った女が、早足に上座に歩いて行くのを呼びとめて、盃をつき出した。

「おい、注いでくれ」

「はい、はい」

彼女も商売だから、愛想よく、大石の前に坐って、酌をした。大石の盃も受けた。それで席を立とうとしたのを、手真似でおさえた。

「名前は？」

「コソメ」

と聞こえたが、まわりがやかましかったから、オソメだったかもしれないし、ひょっとするとコツルだったかもしれない。

「おれは関重久」

大石はまた盃をつき出した。そうしているうちに、上座にいる紅林議員が落ちつかなくなった。しきりにこちらを気にしている。腰巾着の都会議員がフラフラと立つと、大石のそばにやってきて、芸者の肩をおさえた。

「先生の所に行こう、先生がお待ちかねだ」

彼が乱暴に芸者の肩をゆすったので銚子がゆれて、大石の袖に酒がかかった。

「すっこんでろ、無礼者」

大石が怒鳴った。ダンプやブルドーザーがうなる野外で、荒くれを相手にきたえた声である。さわがしかった広間に彼の声がひびいて、一座はしんとした。大石はそれまでもムシャクシャしていたのだ。忘年会だって、一人前に会費を払っている。それなのに、人をなめやがって、という腹があった。大石には正業があって、議員にならなくても生活が成り立つ。また国会議員の紅林に嫌われたって、市会議員くらいにならなれる。棄てる神あれば拾う神ありで、彼のような雑兵なら、ほかのボスが呼んでくれるかもしれない。そのボスはこの種の事件をむしろよろこんで、

「そうか、紅林君にケツまくったか、ふん」

などと、彼に盃をくれるだろう。とにかく、酒の酔いにまかせた訳ではない。大石には大石なりの計算があった。

紅林が手をあげて、大石を招いた。呼ばれて行くのも業腹だが、行かなければおびえたと思われそうだった。大石は芸者の手をつかんで立ち上り、紅林の前に立った。大石は身長が百八十センチ近い。芸者は髷をいれても彼の肩までしかなかった。

「関君」

紅林はそばにいた者に教えられたのか、大石の養子に行った先の姓を知っていた。

「その女は私が赤坂から連れてきた女だ」

「そうですか」

「気に入ったか」

「気に入りました」

芸者はバネがゆるんだように、その場に坐りこんだ。

「では、君に譲ろう。ただし、条件がある。久しぶりに郷里に戻ってきて、活きのいい鯉を食いたい。あの泉水からでかいのを一匹取ってくれんか」

青梅は山の中だから、都内より気温が数度低い。年末の夜も更けようという時間だから零下三四度にはなっていたであろう。その気温の中で、暗い泉水にはいって鯉をつかまえろというのは、大石に女を諦めさせる口実を作ってやったのかもしれない。

「いや、そればかりは、どうかお許し下さい」

と大石が頭を下げれば、まわりの者は笑い、紅林は、

「ま、いいから、そう固くならずに、一杯どうだ。それにしても元気がいい。若いんだな」

という風に事を収めるつもりだったのだろう。しかし、大石はその場で服を脱ぎ棄てると、池に入るまでに、足の筋を違えてしまった。しかしもう後に引けない。大石は池の中に入った。

障子を開け縁側から沓脱ぎにおりた。石は冷たいというより、跣足《はだし》では歩きにくく、池に入る
池の底は意外に平らではなく、おまけにぬるぬるしていたから、二三度、転んで全身ずぶ濡

れになった。水も冷たかったが、それよりも濡れた肌に氷点下の外気が痛かった。石燈籠の下あたりが深くなっていそうで、鯉は多分そこの淀みに、寒さにじっと体をすくませているのだと見当をつけて歩いていった。確かに脛にヌルッと当っては消える物がある。大石は池の中にかがみこんだ。

一、二度、大きな魚体を抱えたが、どれも尾を一振りすると、スルリと暗い水の中に姿を消した。あせったが、素手でつかまえるのがそもそも無理のようだった。そのうち、石燈籠の下には一匹もいなくなった様子だった。どこに行ったのだろう。鯉の滝登りというから、きっと滝のようにこしらえた岩の下の深みにいるのだ。そちらに歩きはじめたころは、もう大石には足の感覚はなかった。急に手許が明るくなった。

縁側に紅林が立って懐中電燈で照らしてくれているのだった。

「無理しちゃいかん、君。もういいから。鯉の洗いは、調理場に用意してあるので作らせるから」

「はい、大丈夫です」

滝の前の深みに近づくと、大石は相撲の蹲踞の姿勢のように、両膝を開いて腰をおとし、手を左右にひろげて、水の中にいれて、じりじりと進んだ。

左に水の動く気配がして、指を動かすと偶然、手に鯉の頭がふれ、中指が口の中に入った感覚があった。右手をそえようとすると、鰓《えら》の中に、指二本食いこませることができた。鯉も寒さで動きが鈍くなっていたのだ。左手の指を反対側の鰓にさしこむ。

大石は両手の指を鯉の左右の鰓に突っこんだ形で水から引き上げ、それに両の拇指で鯉の口をおさえて、頭部を確保した。座敷に戻ろうとして、池の中で一度転倒した。河原を模して玉砂利をしきつめた所でも、一度滑って膝をついた。それでも鯉を放さなかった。

「偉い、偉い」

紅林が足許を照らしてくれたが、大石は礼を言うゆとりもなかった。寒いのを通りこして、体中が痛かった。

明るい広間に放りだすと、鯉ははねながら畳の上をすべり、その方向にいた芸者たちが悲鳴をあげてとびのいた。大石は問題の女の手をとると、廊下にとび出して、

「風呂はどこだあ」

とわめいた。

浴室で、ぬるい湯をかけて、体をならし、湯槽につかって、二三分すると、やっと全身に血が廻りはじめた感じで、大石は脱衣場の女に声をかけた。

「おい、いるか?」

「ええ。あたしも入る？　お背中お流ししましょうか?」

「いや、いい」

脱衣場に人の入る気配がして仲居の声で、

「あの、関先生の丹前をお持ちしましたから……」

「有難う」

芸者が変って礼を言った。

「お召物は、ここをお出になって、右に行って二つ目の……」

仲居の声が低くなった。

「有難う」

芸者の礼を言う声も小さかった。

大石はその夜、浴室を出て、廊下を右に行って二つ目の部屋で芸者と一夜を明かした。

その話を聞いて、久男はその事件が大石の妻、つまり関家の家付娘の耳に入らなかったか心配になった。三多摩というのはスキャンダルが広まることを考えると広い土地ではない。大石は久男の不安を笑いとばした。

「大丈夫、その店のおかみは、女房のおやじのコレだったんだから」

久男には、そう言われても、「女房のおやじのコレ」の店での情事の秘密が、どうして保たれるのかさっぱりわからなかった。しかし大石の言葉によると、この事件によって、彼の名は三多摩の政界に鳴り響き、彼は紅林議員の後ろ楯で、都会議員になり、ついで市長になった。

「なんだかアフリカの話みたいに聞こえるよ」

と久男が感想をのべると、

「そうだろう。そんだから、おれ、都議会も国会も出ない。両方とも東京にあるからな。東京じゃ、三多摩の常識も言葉も通じないもの」

久男はふと思いついて、大石にたずねた。

「木下なんかは市会議員くらいになれないものかな」

「あ、あれはいかん。あいつは三多摩の人間のくせに、東京の常識をここに持ちこもうとしている。まあ、体裁よく言えば、お人好し、はっきり言わせてもらえれば、バカよ、あいつは」

五

大石は簡単に木下の純情をバカと言うが、大石だって純情と言えなくもない。たとえば、ヤミ屋の青年として、関家の一人娘を「おっ伏せる」にしても、久男と一緒に木下を解剖するのと同じくらい、激しい情熱を燃やしたことであろう。それも純情と言えるのではないか。同じ直情が国会議員の忘年会で、全く無視された腹いせに、一番若くて美しい芸者をモノにしようとする。

ただ大石夫人にせよ、忘年会の芸者にせよ、彼は勲章か賞金のような、自分が一つのことを達成した印しが必要だったのだ。妻に対する愛情と、芸者をモノにしようという情熱とは関連がないように、彼が市長になったことと、中学時代に二宮神社の湧き水のほとりで、先祖の恨みを晴らすために政治家になって、この附近を支配すると言ったことは恐らくつながらないのだ。覚えてはいるだろうし、年をとって叙勲の祝賀会では、湧き水のほとりの誓いを、「今日の栄誉のスタート」だと言うかもしれないが、それはポーズにすぎまい。

しかし木下は自分が弱者だったから、いつでも、弱い者の立場に立とうとしていることでは一貫している。純情といっても執念が感じられる。

中学三年で、クラスで一番身長も低く、ボーイ・ソプラノだったから、体もいつまでも子供くさかった。中学三年になると軍事教練は銃を使う。久男の場合、立って銃を支えると銃口は肩と肱の中間にくる。木下だと耳のあたりになった。腰に下げた銃剣の先は膝に達する。子供が大人の服を着たように、珍妙であった。

交互に小隊長になって、クラスを密集隊形のまま行進させ、横隊や縦隊に変えながら、グラウンド一杯に動かす。それは指揮法の基礎でもあり、列兵としては操典に決められた通り、しかも隊の一員として一糸乱れず行動するための訓練になる。

大石や久男のような大きな者が小隊長になると、しばしば小さい者いじめをやった。二列横隊で並ばせておいて、「組々、右へ進め」と号令をかけると、横隊は右の端の者を中心に時計の針のように一本になって九十度右に廻らねばならない、右翼から左翼に身長の大きい順に並んでいる。そして五十名のクラスが二列横隊に並ぶと、右翼から左翼まで約二十メートルある。つまり、「組々、右へ進め」と号令をかけられると、木下は身長とさしてかわらない銃をかついで、半径二十メートルの円周の四分の一を全速力で走らねばならない。

これを五六回くりかえすと、木下たち背の小さい者二三名は必ずばてる。教練の教師の将校がニヤニヤ笑いながら、

「弱い者いじめするな。見ろ、木下なんかやっとこ銃につかまって立ってる。よし、これからおれが指揮をとる」

と今度は身長の大きい者を、ブンブンふり廻すような隊形の変更をさせたことがあった。

体力のないために、大石たち、背の高い者への恨みをたくわえてきたに違いない木下が、大きな体の丈夫な娘を妻に選んだのが面白かった。人からノミの夫婦と言われることを覚悟してのことだろう。彼の言葉によれば、彼女は大きすぎる体に引け目を感じていたと言う。彼は自分もそうだったから、劣等感に悩む娘にやさしかったのだ。彼はいつでも弱者の味方だった。米兵に牛乳をただのみされる商人。基地の守衛に傭われながら、米兵の非行を制止できないどころか、逆になぐられてしまうガードマン。大石と違って、木下の人生のテーマは一貫しているように久男は思った。大石の話を聞いて、笑っている分には楽しいが、政治というものが、こんなにいい加減に運営されてよいものか、とも思う。だから、お人好しのバカと言われた木下に会いに行きたくなった。

「講演終ったら、御嶽の方に行って、あの辺で川魚料理でも食わないか。イノシシ鍋もあるしな、そうしよう。あっちはまだ桜の花が残っている」

大石はそうすすめてくれたけれど、久男はそれをことわって、タクシーで木下の神社に行っ

た。丁度、四月の半ばをすぎていて、都内では桜はとうに終っていたが、三多摩地区は西に行くほど高くなっているから桜が遅い。それで四月下旬になって山に入ると、暗い杉の植林の間に思いがけなく桜の大木が明々と満開の花をつけているのを見ることがあった。久男は中学時代、青梅街道の奥の、大菩薩峠の近くで、こういう桜を見たことがある。そんな桜を見に行くならともかく、川魚屋で一杯やりながらの花見には興味がなかった。

木下の天満宮は、神社の性格から言っても、梅の木があるのは常識としても、社殿の北側を守る形の数本の欅の大木が印象的だったのに、どこに桜の木があるのか、御影石の参道の両脇には汚れた桜の花びらがかたまっていた。それを竹箒《たけぼうき》で掃除している小男がいた。ジャンパーにズボンという服装だったが、すぐ木下とわかった。

「オイ」

と声をかけると、

「よお」

とうれしそうな顔をした。

「その後、どうしてる。やっぱり市民運動か何か……」

「いや、ああいうことからは一切、手を引いた」

そう言いながらも木下は竹箒の手を動かしている。久男はそばに塵取りがあるのに気付いて、それで、桜の花びらのごみを受けてやった。

「有難う。ついでに、石段の下までやっちゃうから。そしたらお茶いれる」

「お茶なんかいいけどさ。何故やめたんだ」

「おれにはね、そんなことする資格ないんだ」

塵取りが一杯になって、木下がそれをどこかに棄てに行った時から、久男が竹箒の役になった。戻ってきた木下の塵取りにごみを掃き入れながら、

「桜が結構あるんだねえ」

「うん、葉桜になって目立たないけど、あれもそう、それから、池の向うにあるのもそう」

日がかげってきたが、外気は軟らかで気持がよかったので、掃除がすむと久男は拝殿の階段に腰かけた。木下も並んだ。

石段を登りきってからの距離が短かいのと石段の傾斜の加減で、久男の目には石段の頂上から下までが、ほとんど一本の線のように見通せる。

その石段を一人の女が登ってきた。紺色のフレアスカート、白いブラウス、暗赤色のカーディガン。二十前後の娘ではないが、体付きは優美である。人生体験を積んだ女だけが持つ色気がある。石段を登る時に、肩と腰を逆方向にひねりながら足を運ぶので、胸や腹の線が強調されるせいであろうか。

石段を半分ほど登って、女は顔をあげた。三十はすぎているだろう。整った白い顔だった。久男の方を見て微笑した、と思ったのは間違いで、木下に笑いかけたのだ。石段を上りきった

所で、女はすこしあえいだ。ブラウスの下の乳房が弾んでいた。年の割りにウエストは見ごとにくびれ、腹も出ていない。しかし、腹のなだらかな丸味が、脚の付け根にある、スカートにかくされたくぼみを暗示していた。脚もスラリと長い。

女は久男の視線を意識したのか、まんざら石段を上ったためばかりとは思えない、上気した顔で、拝殿に向って手をあわせた。

「園長先生がお掃除なさったんですか。道理で石段がきれいだと思いました」

と女が言い、木下はそれに答えて、

「ごくろうさま。これからですか。まだ早いんじゃないかな」

「ええ、でも、今日は宮崎さんが、図書館に行くんで早く大学に行きたいからって」

女は拝殿を廻るようにして姿が見えなくなった。久男が言った。

「きれいな人だね」

「うん、うちは境内で保育所をやって、共かせぎの奥さんたちのために、子供をあずかっているんだが、その保母さんなんだ。大崎さんと言うんだけれどね。幾つに見える?」

「三十一、二かな」

「四十三になった」

「嘘つけ」

「本当さ」

「きれいな人だな、本当に」

「大崎という旦那はこの商店街で映画館やってたんでね。映画会社が館主を接待するだろう。そういう席で、新人女優だった彼女に会った。彼女は短大を出て、幼稚園の先生になるつもりだったのを、スカウトされて、女優になったけど、水があわなかったんだろう。誘惑が多くて、と言うか、体目当てで、力や金で言うことをきかせようという男が、新人無名女優には殺到するらしいな」

そんな彼女の事情を知っている以上、木下は単なる彼女の知人ではない、と久男は思って聞いていた。

「大崎がプロポーズしたころ、映画界は全盛で、小屋はもうかってたし、彼女も女優としての将来に希望を持てなくなっていたから結婚したんだな。やがて映画がテレビにおされる。小屋は大崎とテケツの女の子二人でやる。奥さんにしたら、女の子を傭わずに夫婦でやりたかった。しかし、大崎はテケツの女の子とできていた。子供もいた。一方、さっきの女、実子と書いてタマコと読ませるんだが、こっちは子ができない体なんだ。それだからかもしれないが、子供好き。丁度ウチで金かせぎに保育園をはじめた。朝から午後までは保母の資格があって、今は四年制の夜の学部に行っている娘に頼んでいる。夕方から九時ころまでは実子が来てくれている。映画は大体、午後から九時ころまでだから」

「そうか、女優さんだったのか。どうりできれいだと思った。近ごろの女優さんというのは、美人というより感じのいい人が多いから、実子さんのような正統派の美人はかえって芽が出にくかったんだろうな」

久男がそう言ったのに、木下は黙っていた。しばらくして何か言ったが、久男には聞きとれなかった。

「え？」

と聞き返すと、今度は力強い声で、

「おれは恋をしている」

久男は溜息をついた。女ができた、とか、あの女と寝た、という言い方なら、彼は友人からも耳にする。しかし、恋をしている、という言葉は五十すぎた男にふさわしいと言えなかった。だから、久男の方が顔を赤らめた。

「恋って、実子さんか」

「おれは神主だし、女房は有力な氏子の娘だ。大崎と愛人は、映画館をスーパーのチェーンにするというので、今一生懸命だ。彼女は疎外されているとは言っても人妻だ。どうにもなりゃしない」

「で、彼女は？」

「うん、彼女もおれを好きだと言ってくれてる。でも、信じてくれ、体の関係はないんだ。体の関係になると、要するに快楽のための、ありふれた情事になりそうだから」

「信じるよ、お前だから。でも、うらやましい」

それは久男にとって本心だった。実子が木下を受けいれているとすれば、それは彼の権力におさえつけられたのでもない。金の力に負けたのでもない。ましてや、結婚できる当てがある訳でもない。二人の仲が知れたら、それを口実に大崎は実子を離縁して、愛人を籍に入れるだろう。

つまり、木下を恋人にすることによって、彼女は打算的には得るものは何もない。それなのに、木下を彼女が好きだと言うなら、彼が言うように、二人の間の思いは、少々青くさい感じはするが、恋というのが一番ふさわしいのかもしれない。

「うらやましいよ。五十すぎて恋ができるなんて。しかし、彼女を幸福にするのはむつかしいだろう」

「うん。おれが彼女を好きなことは確かだし、彼女もふとしたことから、おれの心を知って受けいれてくれた。しかしおれは彼女に何もしてやれない。一番大切な彼女に何もしてやれないおれが、どうして市民運動などやって、人さまの役に立てると言うのだ」

「どこで会ってるんだ？」

「知人のいない所まで遠出して、といっても午後おそくなると、彼女、保育園があるから、二人で落ちつける所で昼飯食うくらいだけど。その帰り途、いつも、その時間、おれは完全な生き方をしてたと思う。彼女もその一時を共にするおれが生き甲斐だと言ってくれている。二人には何の前途もないが、今はしあわせだ」

驚いたことに、木下は涙ぐんでいた。そして涙をあふれさせまいとするかのように、境内の樹や花の話、池にお玉じゃくしがふえて困る話をはじめた。

久男は、杉林の中の満開の桜を思い出していた。大石はじめ、中学のクラスの者が皆、現実的というか、実用一点ばりの、地味な背広の似合う杉の木になってしまったのに、木下だけはまだあでやかな花を咲かせる桜だった。杉から見れば、お人好しのバカかもしれないが、杉はこんなに華やかな花は咲かせられない。

中学三年の時、四月二十八日が日曜で、翌二十九日の天長節の式を休めば連休になる。その間を利用して久男は、旧青梅街道を、甲府に抜ける徒歩旅行を試みたのだった。

薄暗く、日の射さない杉林の山道を歩いていて、木立の奥に、何か明るい場所があるのに気付いた。そこだけ日光が地面に届いているらしいのだが、それだけでなく、その輝きがただの日光でなく、どこかなまめかしいのだった。

久男は道をそれて、杉林の中を百メートルほど歩いて、数本の桜の大木を見つけた。桜は、満開をすぎかけた所で、風もないのに、薄紅色の花片を、はらはらと散らし続けていた。急斜面、というより崖といいたい山肌の肩のような平地に桜は植えられていて、そこからの見晴しはよく、谷間の集落や、そのまわりの真黄色の菜の花畑も見わたせた。桜は杉の植林をした人が、目印に植えたものなのだろうか。それとも、年に一度、ここに登ってきて村を見下しながら、花見酒を楽しもうというのだろうか。四、五十坪の平地に散った花片は、そこに桜の敷物を作っていた。日光は梢の桜の花に照り映え、大地の花片を反射して、そのあたりを、華やかな、なまめいた光で包んでいた。

あと十日もすれば、花の落ちつくした桜は葉桜になるにしても、満開のその一時ばかりは、杉が何百本、束になってかかっても、数株の桜に及ばない。

久男は大菩薩峠のそばの桜の大木と、その豪華な花の話を木下にしてやった。

「そうなんだ。あの人はそんな人なんだ。杉林のような、このろくでもない、退屈なこの町に、人知れず華やかに咲いている桜の花みたいな人なんだ」

木下は久男の話を聞き違っていたが、久男はそれ以上、木下に説明するのが面倒くさかった。立って別れの言葉をのべ、石段をおりて鳥居の間から振り返ると、木下はまだ同じ所に坐っていた。しかしその姿は気のせいか若々しく、ジャンパーがいかにもよく似合って、三十そこそこの壮年に見えた。

久男は駅に向って歩きながら、三多摩は彼が幼年時代を送った境をはじめとして、ここ二三十年の間に、来る度に変っていくと思った。今のうちは、どこに行っても、同級生や、見覚えのある神社や、欅の大木などが残っていて、それを頼りに昔の光景を再現できるのだが、やがては、久男にも覚えのある自然も人もなくなってしまうのではないだろうか。いや、そういう久男自身、木下の神社の鳥居より早くこの世から消えることはまず間違いのないことなのだ。

今日は、大石を誘って、二宮神社の下の湧き水の池に行ってもよかった、と久男は思った。それともあの池も、コンクリートの蓋がかぶせられ、水は暗渠《あんきょ》の中を、人の目にも触れずに流れているのだろうか。

〈昭和57（1982）年「文藝」3月号 初出〉

P+D BOOKS ラインアップ

大陸の細道　木山捷平　●世渡り下手な中年作家の満州での苦闘を描く

耳学問・尋三の春　木山捷平　●ユーモアと詩情に満ちた佳品13篇を収録

小説 大逆事件（上）　佐木隆三　●近代日本の暗部を象徴した事件に迫る

小説 大逆事件（下）　佐木隆三　●明治44年1月「大逆罪」の大審院判決が下る

女のいる自画像　川崎長太郎　●私小説作家が語る様々な女たちとの交情

伊豆の街道　川崎長太郎　●五十歳のやもめ作家と人妻との恋情を描く

P+D BOOKS ラインアップ

兎の結末・独身者の憂鬱　柏原兵三　●敗戦後に思春期を送る少年たちの日常を描く

悪魔のいる文学史　澁澤龍彥　●澁澤龍彥が埋もれた異才を発掘する文学史

オールドボーイ　色川武大　●〝最後の小説〟「オールドボーイ」含む短編集

夜風の縺れ　色川武大　●単行本未収録の39編と未発表の「日記」収録

火まつり　中上健次　●猟奇一家殺人事件を起こした男の壮絶な物語

天の歌 小説 都はるみ　中上健次　●現代の歌姫に捧げられた半生記的実名小説

（お断り）

本書は1982年に河出書房新社より発刊された単行本を底本としております。あきらかに間違いと思われるものについては訂正いたしましたが、基本的には底本にしたがっております。また、一部の固有名詞や難読漢字には編集部で振り仮名を振っています。
本文中には朝鮮人、原住民、百姓、看板屋、智慧の足りない娘、農夫、ウエイトレス、未亡人、醜業婦、シナ、キチガイ、女買い、給仕、看護婦、インディアン、書生、酋長、ヤミ屋、第三国人、ジプシー、気狂い、使用人、娼婦、混血児、メカケ、アメ公、パンパン、乞食、ドン百姓、土着民、私生児、ポン引きなどの言葉や人種・身分・職業・身体等に関する表現で、現在からみれば、不当、不適切と思われる箇所がありますが、著者に差別的意図のないこと、時代背景と作品価値とを鑑み、著者が故人でもあるため、原文のままにしております。差別や侮蔑の助長、温存を意図するものでないことをご理解ください。

三浦 朱門（みうら しゅもん）
1926（大正15）年１月12日―2017（平成29）年２月３日、享年91。東京都出身。1985年、第７代文化庁長官に就任。代表作に『箱庭』『老年の見識』など。

P+D BOOKS とは

P+D BOOKS（ピー プラス ディー ブックス）とは
P+Dとはペーパーバックとデジタルの略称です。
後世に受け継がれるべき名作でありながら、現在入手困難となっている作品を、
B6判ペーパーバック書籍と電子書籍を、同時かつ同価格で発売・発信する、
小学館のまったく新しいスタイルのブックレーベルです。

武蔵野インディアン

2022年11月15日　初版第1刷発行

著者　三浦朱門
発行人　飯田昌宏
発行所　株式会社　小学館
〒101-8001
東京都千代田区一ツ橋2-3-1
電話　編集　03-3230-9355
販売　03-5281-3555

印刷所　大日本印刷株式会社
製本所　大日本印刷株式会社
装丁　おおうちおさむ　山田彩純
（ナノナノグラフィックス）

ISBN978-4-09-352452-0

P+D BOOKS